「うあーもう、恥ずか死ぬ……」
慶次が布団で身を丸くして悶 ローションの
容器を逆さにして、尻の辺りをびしゃびしゃにする。（本文より）
JN135621

狐がひとりじめ

―眷愛隷属―

夜光 花

イラスト／笠井あゆみ

この物語はフィクションであり、実際の人物・
団体・事件等とは、一切関係ありません。

CONTENTS

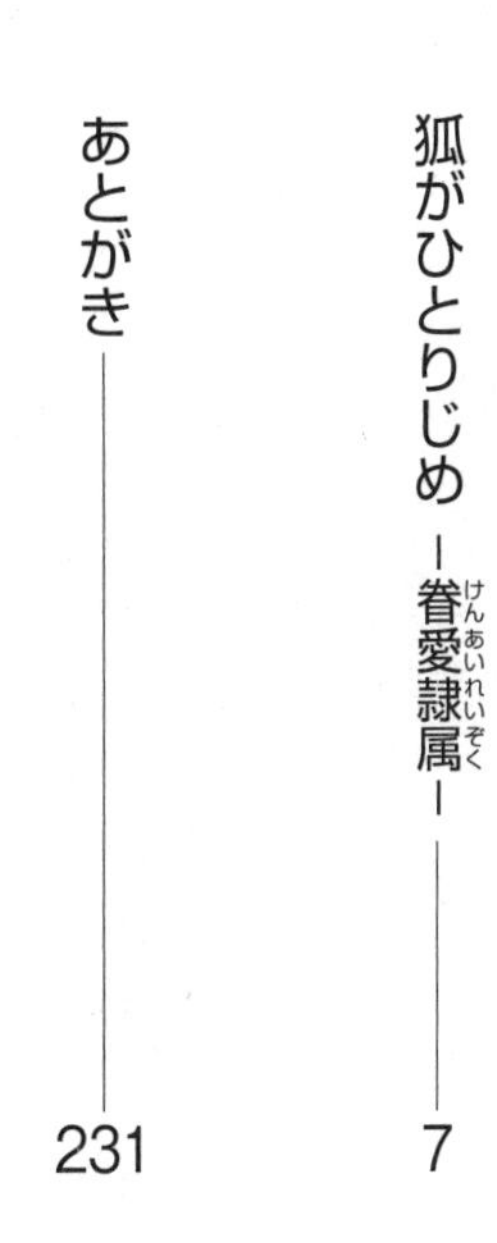

狐がひとりじめ

―眷愛隷属―

■1　浮ついた心と書いて浮気と読む

山科慶次（やましなけいじ）は自分のことを、純情一途（いちず）な人間だと信じている。
浮気なんてありえないし、不倫ものは嫌いだし、二股とかセフレとか、けしからんと思っている。そもそも友情ならともかく、恋人は一人でしかるべきだし、他に好きな人ができたら、すっぱり別れればいい。ドラマや漫画で下半身がだらしない人間の話がよくあるが、自分だけはそんなものとは無縁だと思っていた。

さらに言えば、自分に限って浮気はない。何故なら、慶次の恋人はそういう不埒（ふらち）な感情を、絶対に許さない男だからだ。独占欲強めで、恋人の兄を褒めただけで機嫌が悪くなるくらい寛容と真逆の性格をしているのだ。

仮に、あくまで万が一、あるかもしれない出来事として、慶次が浮気をしたとしよう。

確実に殺される。自分はともかく浮気相手は百パーセント死ぬ。慶次の恋人は浮気相手を許すような優しい性格ではない。おそらく慶次の知らない変な手を使って、この世から抹消されるだろう。そんな恐ろしい報復が待っているのに、浮気する馬鹿がいるだろうか？

「慶ちゃん、慶ちゃんにとって、浮気ってどこから？」

八月の頭、うるさいほどに鳴きわめく蝉と、冷房のない暑い部屋。慶次は昼食を食べた後から急に盛り出した恋人である有生と、下着姿でアイスを食べていた。暑いから嫌だと言ったのに、有生に強引に身体を繋げられ、汗だくで死にそうになった。冷房の利いている有生の寝室に行けばいいのに、何故か冷房のない慶次の部屋で一戦終えたせいだ。

「俺はね、恋人が他の男としゃべっているのも嫌だし、笑いかけるとか許せねーし、手を繋いだらマジで殺したくなるね。それ以上の行為に至っては、どうなるか分かってるよね？　死ぬよりひどい目に遭わせるよ？」

有生は慶次に質問をしたくせに、どういうわけか自分の浮気の範囲をつらつらと述べている。前々から心が狭いと思っていたが、狭いというより、ないと言ったほうがいい。

「あのなぁ、だからそれは人としておかしいだろ？　俺だって友達くらいいるし、しゃべったり笑ったりしてーわ。それも浮気とか、お前どうなってんの？　俺に孤独に生きろと言ってんのか？　あと、何で男？　俺、お前以外だったら男、無理なんだけど」

棒つきのアイスを食べながら、慶次は呆れて言った。ごろごろしていた布団から起き上がって、全裸で横たわる有生を睨みつける。有生と恋人になってしまったのはもういいとして、有生以外の男とはどう考えても生理的に無理だ。

「慶ちゃんは、どうせ女とヤれない身体だから。もう女相手に勃たないでしょ」

有生が平然と言う。

「はああ？　お、俺が不能みたいに言うな！　お前と別れたら、ちゃんと女の子とつき合うに決まってるだろ！」

有生の決めつけに腹が立ち、アイスを銜えながら寝転んでいる腹に拳を入れようとした。拳はひらりと躱した有生の身体をすり抜けて、敷布団に当たる。

「大体、俺は浮気するような奴じゃねーし！　俺がそんな人として間違ってる奴に見えるのか!?　俺はお前を裏切ったりしないんだから、そんなん考える必要なし！」

慶次としてはびしっと言い放ち、浮気を心配する恋人を安心させたつもりだった。ところが有生は、ふーっとわざとらしいため息を吐いて、汗ばんだ額に貼りついた髪を掻き上げた。

「あのね、慶ちゃん。俺、最近ちょっと先の未来が分かるようになってきたんだ」

物騒な気を漂わせ、有生が冷たい眼差しで見つめてくる。

「慶ちゃんに浮気される予感がする」

やけに真面目な口調で有生が呟く。何を馬鹿なことを言ってるんだ、と笑い飛ばそうとした慶次の横に、いつの間にかちょこんと子狸が座っている。

『ふぉお。有生たま、肉体のアップデートが完了したもよう。あなどれないスキルを手に入れたようでありますね。っていうか、有生たまの浮気の線引きだと、浮気しないほうが難しいですぅ。せめてチューくらいから浮気にしてほしいでありまする』

うんうんとしたり顔で子狸が頷く。この子狸は、慶次と相棒を組んでいる眷属だ。見た目は丸っこいフォルムの可愛らしい子狸だが、中身は立派な大狸で慶次を導く使命を担っている。

「何言ってんだよ、子狸。そんな言い方じゃまるで俺がホントに浮気するみたいじゃないか。俺がそんな不誠実な真似するわけないだろ」

子狸の言い方が有生の意見を肯定しているようで、慶次はつい笑ってしまった。先の未来が見通せるとか、本当ならすごいが、自分が浮気するなんてあるはずない。そう思って笑ったのに、有生も子狸も真面目な顔つきで慶次を見返す。

「いや……ないだろ、そんなの」

自分に自信があった慶次だが、二人の視線に怯んで顔を引き攣らせた。

慶次は二十一歳の、討魔師を生業としている青年だ。

討魔師とは弐式一族に伝わる特別な生業で、眷属を身に宿し、魔を祓ったり、悪霊を消滅させたりする。慶次は子どもの頃から討魔師に憧れ、十八歳の夏至の日に晴れてその資格を獲得した。とはいえ、憑いた眷属が半人前の子狸で、最初は右も左も分からず、討魔師としてはダメダメな状況だった。初めて組んだのは弐式有生という当主の次男で、顔良し、スタイル良し、齢二千を超えるという白狐を憑けた討魔師のエリートだ。だが、そこにいるだけで周囲の人間を怯えさせる負の気を持った腹黒男だった。

有生は昔から平気で自分に食って掛かる慶次が気になっていたらしい。

慶次は自分を舐めてかかる有生が大嫌いだったが、一緒に過ごすうちに絆され、今では恋人同士になった。討魔師になって三年が経ち、紆余曲折を経て、現在、本家の有生の住む離れで暮らしている。

同居を始めてすぐに、有生が強烈な睡魔に襲われ高熱を出すという謎の奇病にかかる騒ぎがあり、慶次は心から心配した。けれどそれもようやく治まり、有生はいつもの調子を取り戻した。有生いわく、その奇病は討魔師になりたての時にもなったらしい。眷属を身に宿すために、身体を作り替える必要があったようだ。

「何か、肉体のアップデート的なこと言ってたけど、できたのか？　なぁ、何が変わんの？　スーパーマンみたいな超越した肉体を手に入れたとか？」

離れの庭に面したウッドデッキに腰を下ろし、慶次はワクワクして聞いた。本家で暮らすようになり二カ月ほどが過ぎ、すっかり生活に馴染んできた。真夏で汗ばむ陽気だが、慶次は手にかき氷の入ったガラスの器を持っている。キッチンの棚にかき氷機があったので、慶次が二人分のかき氷を削った。シロップはミルクと蜂蜜だ。

有生が元気になって嬉しくて、その分、これだけ有生の身体に負担を強いたことの見返りが気になった。

「慶ちゃんは漫画の読みすぎ。何が変わったって、うーん、説明しづらいけど……目と耳がよくなったかな。たとえば慶ちゃん、ちょっと右腕痛いでしょ。黒い靄がついてる」

慶次からかき氷を受け取り、有生が指摘する。

「な、何で分かるんだよ！　そうなんだよ、右のここが痛ぇーんだよな。どっかぶつけたかなと思ってたんだけど」

慶次は右腕の肘近くを触り、仰天する。

「黒い靄ってことは、悪霊とか、か……？」

青ざめて慶次が聞き返し、ちらりと横にいる子狸を見る。討魔師である慶次の身は、眷属が守っている。危険なものなら子狸が注意するはずだ。

「悪霊じゃなくて、自分自身で生み出している邪気みたいなもん。慶ちゃんは自分の身体に対する感謝が足りない。無理しても平気と思ってんでしょ？　内臓も疲れてるよ？　たまには労ったら？」

かき氷をしゃくしゃく食べながら、有生が言う。

「え……っ、はい……」

有生の口から思いがけない言葉が出てきて、慶次は身を縮めた。感謝が足りないと言われ、自分の肉体に感謝したことなどないと気づいた。他人への感謝は忘れないようにといつも自分を戒めているが、自分自身への感謝なんて考えたこともない。

「あ、あの……有生……さん？」

もしかして肉体のアップデートとは、別人になることを意味していたのだろうか？　あの鬼畜と評判の有生が、真人間になったのだろうか。慶次は横でかき氷を頬張る有生におそるおそる声をかけた。今までの毒舌で人を人とも思わぬ有生から、仏や神レベルの人物に移行したというなら態度を変えなければならない。

「何で、さんづけ？」

有生が首をかしげる。

「い、いやお前の口から感謝なんて言葉が出てくると思ってなかったから……。肉体じゃなくて精神のアップデートをしたのか？」

「感謝くらいフツーに俺も使うでしょ。慶ちゃん、俺を理解してないね。俺は日々、あらゆる方面に感謝して生きてるよ」

当然のごとく有生に言われ、慶次は絶句して後ろへ尻をずらした。

「感謝して生きててアレなのか？　お前、この前、新興宗教の奴らまとめて病院送りにしてたよな？　無関係の俺たちにも精神攻撃してたよな？」

急に真人間ぶる有生に納得がいかず、慶次は反論した。そうなのだ、一カ月ほど前、有生は『まほろばの光』という新興宗教団体の施設に押し入り、そこの信者の多くを病院送りにした。

有生には精神攻撃という変なスキルがあって、熱でおかしくなっていたのもあって無差別に攻撃してしまった。あの後調べたところによると、教祖は病院の精神科に入院して、巻き添えを食った信者も大なり小なり身体に変調をきたしたそうだ。精神を攻撃されて身体に異常を起こしたなんて、有生の力は常軌を逸している。しかし、いい面もあった。攻撃された多くの信者は『まほろばの光』を脱退した。真の恐怖に出会い、この宗教は危険だと目が覚めたらしい。どのみち、違法行為を多く行っていた『まほろばの光』は、解散を命じられるだろう。

「感謝とそれ、何か関係ある？」

曇りなき眼(まなこ)で有生に聞かれ、慶次は返す言葉を失った。関係ないといえば関係ないかもしれない……。慶次としては、日々に感謝できるのは、道徳的にすばらしい人間という思い込みがあったが、悪人でも感謝する時くらいあるだろう。

「……感謝はともかく、反省はしてないのか？　たくさんの人を傷つけたという……」

かき氷をざくざくスプーンで刺しながら、慶次は胡乱(うろん)な目を向けた。

「反省？　何で？」

横で皿のかき氷を掻き混ぜている有生は、不思議そうに聞く。慶次はあんぐり口を開けて固まった。自分の精神攻撃で多くの人が倒れたのは知っているはずだが、有生は一ミリも反省していない。しかも罪悪感すら持っていない。本来ならここで有生が更生していないことにがっくりくるべきだが、何故か慶次は安心した。

「そうだよな、有生がそんな簡単にいい人になるわけないよなっ」

有生がいつも通り鬼畜仕様で、慶次はホッとした。

『ご主人たま、そこで安心するのは問題アリですぅ』

すかさず子狸から突っ込みが入り、慶次もどきりとした。日頃から有生にまともな人間になってほしいと思っているくせに、いざ有生がまともなことを言いだしたら焦るなんて、自分でも理解できない。

『ご主人たま、ひょっとして有生たまが善人になるのを恐れてるのですかぁ？』

じっとりとした目で子狸に見られ、慶次は鼓動が速まるのを感じた。自分は有生が善人になるのを恐れているのだろうか？　考えてみたこともないが、有生が善人になってしまったら、一緒にいる自分はどうなるのだろう。

（え、見た目すげーよくて、才能もあって、そんな有生がいい人になっちゃったら、俺はどうなるんだ？　つり合わなくない？　一緒にいる意味ある？）

ふいにこれまでの有生とのつき合いが走馬灯のように蘇り、慶次は落ち着かなくなった。有生が人の心を理解してくれたらいいとずっと思っていたはずなのに、実際そうなりそうになったら焦るなんて、自分はそれほど心の狭い人間だったのか。

「俺……、有生を駄目人間と思うことで安心していたのか……？」

今まで気づかなかった感情に、慶次は青ざめてショックを受けた。それは対等ではない。いや、もしかすると自分より上だと思っている有生を駄目人間と思うことで、対等だと思っていたのかもしれない。

「いや、駄目人間ってひどくね？」

横にいた有生が呆れて呟く。

『ご主人たまは、今自分の心の奥深くに潜むものと初めて向き合ったのですぅ。有生たまは見守ってあげて下さいぃ』

「あー分かった、あれでしょ。慶ちゃんは俺がアップデートしたとか言ったから、ますます自分より先に行っちゃったみたいで焦ってんでしょ。それ意味なくね。俺と慶ちゃん、同じラインで走ってねーし」

あっけらかんと言われ、何故かそれがぐさりと胸に突き刺さった。かき氷の冷たさが咽を通っていかない。慶次はぷるぷる震え、膝を抱えた。自分と有生は同じ土俵にすら上がれていないということなのか。言われなくても自分があまり有能な討魔師ではないことは分かっている。それでも早く一人前の討魔師になりたくて日々がんばっているのに。

『うーむ。ご主人たまがドツボにはまってしまったもよう。もーだから有生たまは見守るだけにしてってって言ったのにぃ……っ！　いきなり図星を指されて、ご主人たまは間違った方向に舵を取っているでありますよ。ご主人たま、しっかり！』

子狸が飛び上がって一回転して慶次の頬をふさふさの尻尾で叩いた。ハッとして慶次は悶々と考え込んでいた自分に気づき、顔を上げた。

『ご主人たま、今はあんまりネガティブになるのはおススメできません。何故ならあまりよくない気が周囲にあるからですぅ』

慶次の目をじっと見て、子狸が言い聞かせる。何のことか分からなくて、慶次は子狸と有生を交互に見比べた。

「三日くらい前から、攻撃かかってうるせーよな」

有生は面倒そうにかき氷を咀嚼(そしゃく)して言う。

『今回はなかなかしつこいですぅ』

子狸も有生に同調して頷く。二人が何の話をしているのか分からなくて、慶次はおろおろした。やはり自分は駄目討魔師なのか。攻撃の意味が分からない。

「慶ちゃん、気づいてなかったの？　いや、気づいてたでしょ。上が騒がしいなって言ってたじゃん」

食べ終えたガラスの器をウッドデッキに置き、有生が上空を指す。言われて思い出したのだが、三日くらい前から、空をやたらと烏天狗(からすてんぐ)が飛び交っていた。弐式家の敷地は、烏天狗が守っている。烏天狗は鳥のような嘴(くちばし)に、大きな黒い羽根を持ち、山伏(やまぶし)の格好をした眷属だ。暑いから涼しさを求めて飛んでいるのかと思っていたが……。

「ええええっ！」

何げなく空を見上げた慶次は、上空にいた烏天狗が錫杖を使って何かを突いているのを目にした。今まで飛行を楽しんでいると思っていた烏天狗だが、よく見ると、何かを攻撃しているではないか。

「えーっ！　ぜんぜん気づいてなかった！　こわっ、何あれ！　何かと闘ってるじゃん！」

慶次は思わず立ち上がり、大声を上げて空を指さした。

「マジで分かってなかったんだ？　慶ちゃんって意外と肝が据わってるんだと見直してたのに。まぁこれが慶ちゃんクオリティ。どうせなら、ずっと気づかなきゃよかったのにね？　あれにびびってネガキャンするのだけはやめてよね。恐怖はあいつらのいい餌だよ？」

ウッドデッキに寝転がり、有生が手をひらひらさせる。どうしてそんなに落ち着いていられるのか分からなくて、慶次は子狸を抱きしめた。

「子狸！　何で烏天狗さんたちは闘ってるんだよ！　どこから攻撃受けてんの!?」

子狸をガクガク揺さぶり、慶次は唾を飛ばして叫んだ。

『落ち着いて下さいませですぅ。ご主人たまは気づいておられないようでしたが、これまでも時々ああして攻撃は受けていたのでありますぅ。攻撃はいわゆる呪いの類でありますが、弐式家のセコムは鉄壁防御なので心配ご無用でありますぅ』

慶次に揺さぶられながら、子狸が答える。今までも呪いを受けていたとは知らず、慶次は悲壮な顔つきになった。烏天狗の守りが完璧なのは安心材料だが、攻撃を受けていると知ったらじっとはしていられない。

「有生！　当主のとこに行こう！」

慶次は子狸を抱えたまま、すっくと立ち上がった。かき氷はほとんど水になってしまったので、掻っ込むように飲み干した。

「は？　何で？」

寝転がっている有生は、首をかしげている。

「今！　まさに！　攻撃を受けているんだ！　つまり……っ、井伊家からの攻撃ってことだろ！　俺たちも烏天狗さんに加勢しなきゃ！」

攻撃と言われて真っ先に思い浮かぶのは、井伊家の存在だ。弐式家ははるか昔から井伊家と争い合っている。眷属を味方につけた弐式家と、悪霊や魔物を従属させている井伊家は相反する存在なのだ。

井伊家はあちこちで暗躍しているが、弐式家の有生を自分たちの側に取り込みたいと考えている。生まれた時から負のエネルギーを漂わせていた有生は、彼らにとって生まれる場所を間違えた逸材だ。しかも最近知ったのだが、有生の母親は井伊家の血筋の女性だったらしい。有生の母親を知る叔父の和典に言わせると狐そのものだったそうだ。母親そっくりの有生は、弐式一族の中で浮いている。

「めんどくせ。別に平気でしょ、加勢しなくても。俺らがやらなくても、親父が何とかする」

有生は暑くて立ち上がるのも億劫なのか、ごろりと向こうを向いてしまう。慶次はその腕を引っ張ろうとがんばったが、思ったより重くて引きずるのが困難だった。

「もういい！　俺が行ってくる！」

慶次は有生を連れて行くのを諦めて、ウッドデッキの前に置いてあるサンダルに足を通した。庭から一人で外へ行こうとすると、のそのそと有生が起きだした。

「慶ちゃん、帰る時、母屋からアイスもらってきて」

ついてくるのかと思いきや、有生は駄目人間まっしぐらの台詞を吐いている。弐式家は高知の山の中にあるので、買い物はほとんど契約している商店の人が運んできてくれる。有生の分も多目に購入してもらっているのだが、嗜好品はあまり離れには配られない。

「かき氷で我慢しろ！」

慶次は大声で吐き捨て、母屋へと急いで向かった。

本家は瓦屋根の立派なお屋敷で、周囲を木々に囲まれ、裏手には山がそびえている。母屋はかなり広く、敷地面積は庭だけで東京ドーム五個分あると言われている。家族が住む棟と使用人が住む棟が渡り廊下で繋がっていて、最近従兄弟の伊勢谷柚がそちらに移り住んだという話を聞いた。

「お邪魔します！」

慶次が正面玄関の引き戸を開けて大声で奥に向かって叫ぶと、奥から巫女様が姿を現した。

「おお、慶次か。饅頭があるぞ。食べるか？」

巫女様——弐式初音が目尻のしわをくしゃっとさせて言う。巫女様は八十歳を超えた小柄なおばあちゃんだが、眼力は鋭く、言葉もしっかりしている。弐式家のご意見番として、日々働いているのだ。今日は朱色の絣の着物を着ていて、白髪を綺麗にまとめていた。

「食べます！　じゃなくって、大変じゃないですか！　攻撃されまくってますけど大丈夫なんですか！」

サンダルを脱ぎかけた慶次は、ここに来た理由を思い出して身を乗り出した。脇に抱えていた子狸が、するりと腕から抜けて巫女様の隣にちょこんと座る。

『ご主人たまはいつものテンパりで駆けつけたのですぅ。実は今までも何度か攻撃されていたのに気づいてなかったのですぅ』

子狸の話に巫女様が笑う。

「えっ、今までも攻撃されてたのか！」

慶次が目を剥いてよろめくと、子狸が『おいらがさっき言ったのに……』と冷たい眼で見る。

慶次と子狸の会話を聞いていた巫女様が、ぽんと慶次の頭を叩いてきた。

「そうか、そうか。心配してくれてありがとよ。まぁ、上がりなさい。冷茶でも出すから」

慶次は焦っているのに、巫女様はのんびりした様子だ。すぐ近くで攻撃を受けているというのに、悠然としている。あれくらいの攻撃は問題ないのだろうかと、慶次も少し落ち着いた。

慶次は素直に巫女様の後をついていった。奥の広い和室には大きなテーブルがあり、座布団が敷かれている。居間と呼ぶべき部屋だが、アンティークの箪笥が置かれているだけで、テレビもなくすっきりした部屋だ。テーブルの前には当主と瑞人が座っていて、当主は腕に赤ん坊を抱いていた。

「おお、慶次君か。心配して来てくれたのか？」

当主に、にこにこして聞かれ、慶次は毒気を抜かれて座布団に腰を下ろした。当主は弐式丞一といって、おっとりした雰囲気の中年男性だ。青い作務衣姿で座っている。慶次は当主が怒ったり、怒鳴ったりしているところを見たことがない。弐式一族を束ねるだけあって、その佇まいには威厳がある。腕に抱いているのは由奈という再婚相手との子どもだ。一歳に満たないくらいの女の子で、当主の腕に収まっている。

「あれー慶ちゃん、どしたん？　すごい汗かいてるけど、有生兄ちゃんと仲良しした後だったりしてぇ？　え、心配して来た？　マジウケる。有生兄ちゃんとの温度差に風邪引くわ」

タブレットを弄っていたのは弐式瑞人だ。高校一年生の当主の三番目の息子で、ユニセックスな服装が好きな変わった子だ。今日はユニコーンが描かれたピンクのTシャツに、スカートを穿いている。どこかに出かけるわけでもないのに、じゃらじゃらアクセサリーもつけているし、慶次からしたら異様な風体だ。八月の今は、夏休みなので、瑞人を家でよく見かけるようになった。

「いや、今まで気づいてなかったからびっくりして……。皆、落ち着いてるってことは、大丈夫なんですね？」

慶次は当主の向かいに座って、肩の力を抜いた。てっきり大丈夫という言葉が返ってくると思ったが、当主は浮かない顔つきだ。

「それがねぇ、実は一番弱いところに攻撃の波が来てしまってね」

当主が腕に抱えている赤ん坊を見つめて苦笑する。

「え、まさか」

慶次も驚いて赤ん坊を覗き込んだ。よく見ると、赤ん坊の顔色があまりよくない。苦悶の表情で眠っている。

「私がこうして抱いている間はいいんだが、離れると泣き止まなくてね。子どもは敏感だからね。本家が攻撃を受けているのが分かるんだろう。まぁ、とはいえ、本家にいる分には問題はない」

当主はあやすように腕を揺らす。敵の攻撃を烏天狗が避けているといっても、多少のとりこぼしはあるのだろう。子どもに害を及ぼすような真似をする井伊家に腹が立った。

「今は耀司が祈禱をしているから、少しはマシになるはずだよ。それはそうと、慶次君に頼みがあってね」

思い出したように当主が言いかけた時、廊下からのっそりと有生が顔を出してきた。

「慶ちゃん、クーラーボックス持ってきたから、これにアイスをたくさん入れてもらおう」

クーラーボックスを肩にかけて運んできた有生が、場の空気も読まずに言う。本気でアイスを分捕ろうとしているのか。

「ちょうどいい、有生もそこに座りなさい」

当主に手招かれて、有生が「えー」と聞こえなかった振りをして去ろうとする。急いで追いかけ、有生の腕を摑んで居間に引き戻した。

「実は月末に三泊四日で旅行に行く予定だったんだがね」

しぶしぶ座った有生に目を向け、当主が切り出す。そういえば前に会った時に瑞人が夏休みに旅行に行くと嬉しそうに話していた。

「へー。家族旅行。いいですね」

巫女様が冷茶を運んできて、慶次と有生の前に置く。有生は巫女様に「アイスちょうだい」とクーラーボックスを押しつけている。

「それがこんな状態だろう？　今回は攻撃がしつこくて、家族旅行は中止にしようかと思ったんだが」

「そんなの絶対駄目ぇええええ！」

瑞人が当主の発言を遮って、膝立ちになる。

「えーん、そんなことになったらやだぁ。もう旅行の予定組んでるのに！　いざとなったら僕だけでも行くし！」

旅行を楽しみにしていた瑞人は断固とした口調だ。

「瑞人がこの通りでね。それで、有生と慶次君が保護者代わりに付き添ってくれないかなと思ったんだが。もちろん旅行代金はこちらで持つから」

思いがけない当主の言葉に、慶次は目を丸くして有生と見つめ合った。ただで旅行に行けるのはもちろん嬉しい。だが瑞人と一緒となると、有生が心配だ。

「は？　嫌ですけど？　こんなお花畑と旅行先まで一緒とか、何言ってんの？　別にいいじゃん、こいつ一人で行かせれば。そのまま帰ってこなくてもぜんぜんいいけど」

有生はしらっとした表情で、わざとらしく肩をすくめる。そうなのだ。有生は弟の瑞人が嫌いで、こうなることは予想できた。有生はお金持ちなので、無料の旅行にもありがたみはない。

「ひどーい、有生兄ちゃん。僕が変な奴らにさらわれてもいいの!?　こんな可愛い僕が旅行先で一人でいたら、皆気になってざわざわしちゃうでしょ！」

テーブルをばんばん叩いて瑞人が猛抗議する。

「俺じゃなくて耀司兄さんに任せりゃいいじゃん」

有生はテーブルにべったりと頬をつけて、面倒そうに手を振る。

「耀司兄さんはいいんだけど、僕、柚にぃには毛嫌いされちゃってるからぁ」

てへっとウインクしながら舌を出して、瑞人が笑う。柚というのは慶次と仲のいい従兄弟で、二カ月前の夏至の試験で、討魔師の資格を得た伊勢谷柚のことだ。有生の兄である弐式耀司に盲目的な愛情を抱いていて、今は晴れて恋人同士となった。言われて思い出したのだが、柚は以前、鹿の眷属を憑けていた。諸事情で鹿の眷属が穢れたことがあり、その鹿の眷属の真名を、瑞人は奪った過去がある。真名は眷属にとって大切なもので、それを知られると拘束されるようなものだそうだ。瑞人は弱っている眷属や下っ端の眷属の真名を読み取れる力があり、それを悪用して眷属に嫌われている。

「ああ……まぁ、そりゃそうだ」

慶次も顔を引き攣らせて頷いた。耀司の旅行には恋人である柚も同行するだろうし、そうなると瑞人を嫌っている柚とはぎくしゃくした空気になるだろう。瑞人はそういう空気をまったく読まないところがあるから、余計に恐ろしいことになりそうだ。

「有生、いいじゃん。せっかくだし、ただで旅行に行けるなんて俺は嬉しいけど」

柚の気持ちを考え、慶次は有生の肩を揺さぶってねだってみた。

「えー。慶ちゃん、行きたいの？　行くなら二人で行きたい。こんなのついてきたら、ぜってーろくなこと起きない。ただでさえトラブルメーカーの慶ちゃんがいるのに、さらに邪悪な芋虫までついてきて、無事ですむわけがない」

有生は気が乗らないのか、ぐだぐだ言っている。邪悪な芋虫呼ばわりされた瑞人は「こんな美少年の僕にっ」と暴れている。

「有生。ちなみに部屋は二つとってあるから、部屋はおぬしら二人で使ってよいぞ」

咳払いして巫女様が付け加える。その言葉に有生が顔を上げた。

「親父と由奈さんと、赤ちゃんと瑞人とばあちゃんで行く予定だったの？」

確認をとるように有生が巫女様に詰め寄る。

「そうじゃ。耀司は誘ったが行かないと断られたんでな。わしだけじゃ瑞人と行動するのは無理じゃから。わしは部屋でのんびりしておるつもりじゃ」

巫女様が大きく頷く。確かに八十を超えた老婆と瑞人の二人で旅行に行くのは無理がある。

「そんで行き先は？」

有生が顎の辺りで手を組んで、目を光らせる。

「滋賀県じゃ。瑞人が竹生島に行きたいというから」

巫女様の答えに、有生は黙り込んだ。竹生島がどこにあるかよく知らなかったので、慶次はスマホで検索した。滋賀県にある琵琶湖内の島のようだ。

「うふふ、そこにはねー。日本三弁才天の一つを祀った、宝厳寺があるんだぁー。僕、美大を目指そうと思ってるから、やっぱりそうなったら弁天様の力を借りるべきでしょー？　芸能の神様だものねっ」

うきうきした様子で語られ、慶次も「へー」と宝厳寺の謂れを調べてみた。三弁才天の一つ、大弁才天を祀っているそうだ。すごそうだなと思いつつ成り立ちを読んでいた慶次は、急にあることに気づいて、顔を上げた。

「えええっ！　お前、美大目指してたのかっ！」

危うく聞き逃すところだった。慶次は声を張り上げて瑞人のほうに身を乗り出した。

「うふっ、そうだよー。だって僕ってアーティスティックなセンスにあふれてるでしょ？　もう美大に入って、芸術家目指すしかないんじゃない？」

顎に手を当てて可愛い子のポーズをとっている瑞人に、慶次は愕然とした。

「そ、そんじゃ討魔師はどうするんだよ……？　高校出たら討魔師になるんじゃないのか？」

当主の息子だし、てっきり瑞人も討魔師になると思っていた慶次は、驚きのあまり声を震わせた。

「やっだー慶ちゃんたら！　別に僕、討魔師になる夢とか持ってないしぃ。昔はそりゃそんなことも考えたけど、今はこっちのほーが楽しいのっ」

きゃぴきゃぴしながら言われて、慶次は顎が落ちそうになった。慶次からすれば当主のすごい能力を引き継いで、討魔師になる素質がありまくりの瑞人だが、本人はまったく望んでいないなんて。それでいいのかと慶次は当主を振り返った。

「私は子どもたちに討魔師になれと言ったことは一度もないんだよ。皆、自分の好きな道を進めばいい」

当主も平然と返してくる。

慶次にとっては小さい頃から喉から手が出るほど欲しかったものを、ここではあっさり捨てていいという。理解できなくて、慶次は頭が真っ白になった。

「お前にしてはまともな選択だな。俺も瑞人が討魔師目指すより、売れない芸術家目指したほうがいいと思う」

急に真顔になって有生が頷く。

「やだっ、有生兄ちゃんが僕の夢の後押しをーっ。売れない芸術家とか、やーん、やーん。僕のフォロワー数を知らないでしょっ。すごい人気者なんだからぁ」

瑞人はくねくねしながら有生に拳骨を当てる振りをしている。

「うちの一族に美大目指す者がおるとは思わんかったが、それもまたよい」

巫女様も賛成のようで、冷茶をすすっている。

(えー、そんな感じなんだ……。直系の息子なんだし、討魔師になるのが当たり前だと思っていた……)

討魔師になる試験は、人生で三回しか受けられない。慶次もそうだが、一族の血を引く者は討魔師になりたくて試験を受けに来る。一族の者が焦がれているものを、あっさりと捨てる瑞人と、それを受け入れる当主一家が信じられなかった。

「竹生島なら、行ってもいい」

悶々と考え込んでいた慶次の横で、有生が考えを変えたのか返事をしている。先ほどまで嫌がっていたくせに、行き先を聞いて考え直したようだ。

「そうか、そうか。助かるよ。じゃあ、キャンセルしないで大丈夫だな」

当主も安心したのか、顔をほころばせている。思ってもみない旅行の話が持ち上がり、慶次はもやもやした思いを脇に置いて、この幸運を喜ぶことにした。当主と由奈さんの子どもは心配だが、鉄壁の防御を持つ本家にいれば大丈夫だろう。

「やったぁ、有生兄ちゃん、たくさん写真撮らせてねっ。前に有生兄ちゃんの写真アップしてから、また載せてくれってコアなファンがいるのぉ。ほら、写真だと有生兄ちゃんの恐ろしさは分かんないからぁ」

瑞人は両手を上げてはしゃぎつつ、有生にしなだれかかる。すぐさま有生に畳に放り投げられたが、夏休みのいい思い出になると浮かれている。

ふと気になって有生を見ると、何故か遠くを見つめてぶつぶつ何か呟いていた。

(瑞人と巫女様と旅行か……。どうなっちゃうんだろ?)

有生とは何度も旅行しているが、この面子(メンツ)は初めてだ。何事も起こらないといい、と願いつつ、慶次はその夜、スケジュール帳に旅行の予定を書き込んだ。

■2　浮気の代償

「今日もやってるな」

朝起きて、慶次はウッドデッキに出て空を見上げるのが日課になった。上空では烏天狗があっちこっちへ羽ばたいている。錫杖を振り回しているので、攻撃を撥ね返しているのだろう。

「なぁ、子狸。俺らも何か手伝えないのかな？」

慶次はそわそわして足元にいる子狸に聞いた。

『ご主人たま、おいらは争いごとに強い眷属ではないのですぅ。おいらにあの動きはできませぇん。ご主人たまには適材適所という言葉を送りたいですぅ』

ふーっとわざとらしくため息を吐いて、子狸が答える。眷属にはそれぞれ特性があって、慶次の子狸は縁結びを得意としている。

「お堂では順番に討魔師が祈禱しているようだけど、俺の出番はないみたいなんだよなぁ」

がっかりして慶次は肩を落とした。そうなのだ。母屋の裏にお堂があるのだが、そこでは連日力のある討魔師が祈禱をしている。呪いから身を守り、上空で働いている烏天狗を助けるためのものだ。巫女様に何か手伝えないか聞いてみたが、「新人の出番はないのぅ」とすげなく追い返された。

「俺って今のところ役立たずだよなぁ……」

祈禱のやり方も知らないし、読む経典も、作法もさっぱり分からない。有生に聞いてみると、「一年くらい寺で修行させられた」と言っていたので、素人（しろうと）には無理だというのも分かった。

「慶ちゃん、また空、気にしてんの？　慶ちゃんの心配なんて何の力にもならないからやめたら？」

不安げに空を見上げていると、あくびをしながら有生が窓を開けてウッドデッキに顔を出した。

「うるせーな。気になるんだから仕方ないだろ。俺の力が微々たるものだってことくらい、分かってるよ」

ムッとして慶次は有生を睨みつけた。有生は慶次が攻撃を気にするたび、馬鹿にする。そのたびイライラして、しばらくすると落ち込んでしまう。

「微々たるものじゃないって。何、少しは助けになるみたいに言ってんの？　逆だよ、逆。慶ちゃんがそうやって心配するたびネガティブな気が高まって、敵の力になるって言ってんの」

呆れたように有生に言われ、慶次はショックで口をあんぐり開けた。

「むしろマイナス⁉」

「そう。むしろマイナス。あのさぁ、慶ちゃんはこういう世界に生きてるんだから、『氣』ってものの重要性をもっと理解すべき。心配ってネガティブな気を発してるんだよ？　そもそも心配ってことは、弐式家を信頼してないってことじゃね？　井伊家の攻撃にやられると思ってんの？　信じてたら、別に不安にならねーし。井伊家のほうが強いと思ってんだ？」

つらつらと有生に説かれ、慶次はしゅんとしてうつむいた。有生の言葉は的を射ていて、かなり落ち込んだ。弐式家を信頼してないわけではないのだが、攻撃されているのを見ると、不安になる。自分自身が闘いの場に出るなら気持ちもまぎれるが、ただ見ているだけなのだ。

『有生たまぁ、ご主人たまは少々情緒不安定ですので、ほどほどにぃ』

子狸は慶次の頭に飛び乗って、有生と目線を合わせて言う。

「は？　井伊家の攻撃効いちゃってるじゃん。何、慶ちゃん。何が不安？　言ってくんなきゃ分かんない」

有生が屈み込んで慶次の両頬を手で挟む。じーっと見つめられ、慶次は「うう」と歯を食いしばった。自分でもよく分からないもやもやしたものがあって、それは有生といると膨れたり萎んだりする。

「慶ちゃんも攻撃されそうで怖いの？　それとも無力な自分に幻滅してんの？　前者ならうちの防御力舐めんなって感じだし、後者なら今さら何言ってんの？　って感じだけど？　慶ちゃんが無力じゃなかった時なんてあったっけ？」

有生の容赦ない言葉にまた胸がずきずきしてくる。

「……俺も分からん！」

慶次は悩んだ末に、言葉を絞り出した。

「俺、母屋に行ってくる。そろそろ律子伯母さん来る頃だし」

有生の手を振り払って、慶次は背を向けた。有生は不満そうだが、腹の中にぐちゃぐちゃしたものがあって、まだそれは整理できていない。

『ご主人たまは、今、自分の内面と向き合ってる段階なのですぅ。自分の心を見つめるのは、レベルアップへの第一歩ですよぉ。決して後退しているわけではないので、自信持って下さいですぅ』

頭の上にいた子狸が、にこにこして言う。その言葉に救われた思いで、慶次は乱暴に歩いていた歩調を弛めた。内面と向き合う――。今まで自分の気持ちと向き合ったことなんてないので、不思議な気分だった。もやもやしたものを突き詰めて考えると、自分の嫌な部分に当たりそうで怖かったのに。

「子狸、俺の悪いとこ、言ってくれよ。何で、こんなに俺はもやもやしてんだ？」

有生が元気になったのに、素直に喜べない。何故か具合が悪かった頃のほうがよかったという気持ちになっている。

『それは自分で気づくべきことなので、おいらから言うことではありませんー。というかご主人たまは良し悪しで物事を見すぎなので、世の中は善悪だけではないと分かってほしいですぅ。白でも黒でもない、グレーだの世界なのですぅ。究極、ニュートラルを目指すのがご主人たまの使命なのですが、道のりはかなり険しいもよう。あ、ちょっとお待ちを』

子狸が話の途中でくるりんと一回転する。何だか重要なことを言われた気がするが、それよりも先ほどから誰かに呼ばれている気がする。子狸は、そのままとことこと、母屋とは反対方向へ向かう。弐式家に至る道には鳥居(とりい)があり、長い参道が敷かれているのだ。何だろうと慶次が追いかけると、参道の先に、白い狼と黒い狼が立っていた。毛並みのふさふさした二頭の狼は、ただならぬ気を発していた。

『お久しぶりなのですぅ。立派になってぇ』

子狸が目元をハンカチで拭(ぬぐ)って、二頭——いや、二体の狼に近づく。その言葉で、慶次は以前自分が面倒を見ていた眷属の狼だと理解した。耀司から眷属になる二体の子狼の面倒を頼まれたことがあり、無事に成長したので武蔵御嶽(むさしみたけ)神社へ引き渡しに行ったことがあるのだ。あれからしばらく経ち、二体は立派な眷属になっている。

『お久しぶりでございます。慶次殿、大狸殿』

二体の狼が頭を下げる。慶次も急いで駆け寄って二体の前に立った。自分の傍(そば)にいた時よりもずいぶんでかくなっている。まだ修行の身だろうが、凛とした佇まいに感動した。

「すごい立派になっちゃったなぁ……。武蔵御嶽神社のボスは元気かな」

しみじみと慶次が言うと、二体が顔を見合わせる。

『実は某(それがし)ども、ボスから言伝を頼まれて参りました』

黒い狼が黒曜石のような瞳で慶次を見る。

「は、はいぃっ！　何でしょうかっ！」

慶次は背筋を伸ばして、二体の狼の伝言を待った。武蔵御嶽神社には眷属の狼を束ねるボス狼がいて、目の前の二体の眷属を引き渡した際に、ボスからまた二体の子狼を預かってくれないかと頼まれたのだ。その二体に関しては慶次も悩んでいるところだったので、鼓動が速まった。

『現状は理解しているが、二体を物理的に引き離さないでほしい』

『あの二体は二つで一つ、という性質を持つので、現状は好ましくない――とのことです』

白い狼と黒い狼に流れるような口調で言われ、慶次はハッとした。

預かった二体の子狼は、一体は瑞人に預け、もう一体は弐式勝利(かつとし)という新米討魔師に預けているのだ。勝利の自宅は高知駅の近くなので、確かに離れている。

「そ、それは申し訳ないことをっ。早急に戻しますっ」

知らなかったこととはいえ、失敗したと慶次は九十度に腰を曲げて謝罪した。

『ではよろしくお頼み申す』

二体の狼は頭を下げると、声をかける間もなくさーっと去っていった。もっと話したかったので残念だ。慶次は二体の眷属が消えるのを見送り、母屋のほうへ向かった。

「まずいなー。勝利君、本家に呼び出さないと。それとも、二体とも俺のとこに戻すべき？」

慶次は頭を掻きながら、母屋の玄関の前に立った。

『うーむ。とりあえず、奴らの言い分を聞くのがいいですぅ』

子狸も頭を抱えていて、どう判断すべきか分からなかったので、中に入って考えることにした。

律子はまだ来ておらず、慶次は二階にある瑞人の部屋をノックした。

「はーい」

ドアを開けた今日の瑞人は、レースをふんだんに使ったゴスロリ衣装で出迎える。いくらエアコンをつけているとはいえ、暑苦しそうな格好だ。Tシャツ短パンの慶次からすると、異世界の人間にしか思えない。瑞人の部屋のベッドやカーテン、机は、ピンクやパステルカラーの目がちかちかするものばかりだし、流行(はや)りのキャラクターの大きなぬいぐるみがベッドを占領していて、寝るところがあるのだろうかという感じだ。

「あのさぁ、瑞人。子狼、どうなって……」

室内をきょろきょろ見渡していた慶次は、出窓のところにある人形用のベッドに目を止めた。白い子狼が、人形用のベッドで寝ていたのだが、フリルの服を着て、羽根付きの帽子を被り、コーラをストローで飲んでいたのだ。日光浴でもしているのだろうか？　出窓から注ぐ日射し対策か、サングラスまでしている。

『うぇーい、慶ちゃん、子狸っち、おひさー。やっぱ夏は焼いてなんぼだよねっ。ガングロ決めるつもりなんで、よろぴく。キャハ！　ほんまごめんやで！』

最後に会った時より、もっと症状が進んでいる子狼に、慶次も危機感を覚えた。

「この子、かわゆいのーん。ドール用の服がぴったりでぇ。おしゃれに目覚めちゃったみたい」

瑞人は子狼の周りにぬいぐるみを置いて、完全に何か間違えている。

『これはひどいでありますねぇ……。陽キャを極めるつもりでありますか、それともギャルを目指しているのか……』

子狸も子狼のひどさにガクガク震えている。

「あ、あのなっ、お前、修行しに神社を出たこと忘れてないかっ⁉」

慶次は青ざめて子狼に詰め寄った。子狼は『イミフ』と肩をすくめている。

『神社とか、もう記憶の片隅だしぃ、俺様、こうして遊んでいるのが楽しいしぃ、ポテチ美味いし、コーラ最高だし、ここが天国っすわー。修行とか意味不明。今さえ楽しけりゃいーんでねっ。パリピ至上主義でっす』

眷属の口から出たとは思えない言葉の数々に、慶次は固まった。慶次以上に子狸がショックを受けている。

『コーラを飲む眷属は初めてですぅ。ふつう不味くて飲めないはずなんですがぁ……。これが世代のギャップなのか……』

同じ眷属としてありえないと呟く子狸に、瑞人に預けたことを反省した。勝利は八咫烏(やたがらす)が憑いているから問題なかったが、瑞人は討魔師でもないので、指導する存在がいなかった。

「と、ともかく瑞人！　子狼、返してくれ！　お前のとこにこれ以上置いておいたら、やばいことにしかならないっ」

慶次は子狼をむんずと掴み、身体にまとっている小物を引きはがした。子狼は『いやあああ』と抵抗したが、心を鬼にして裸にした。

「えー、連れて行っちゃうのぉ？　今、ポチを描いてたとこだったのにぃ」

瑞人はがっかりした様子でキャンバスを広げる。大きなキャンバスには慶次には理解できない世界が広がっていた。犬らしき画に、いろんな色を混ぜ合わせて描き殴ったような油絵、ペットボトルの蓋やレース、紙切れがくっつけられている。抽象画にしても、何が描きたいのか分からない。

「ポチって、こいつのことか？　まだ名前つけられてないんだから、勝手に呼ぶなよ。っつーか、キャンバスに描かれる世界を理解できなくて、慶次は手に捕まえている子狼と見比べた。お前の芸術分からん……。本気で美大目指してるんだよな？」

「もうアイデアが湧いて、湧いて、困っちゃうんだー」

瑞人は嬉々としてキャンバスに電気コードを貼り付けている。芸術にはうとい慶次でも、これが万人に受けないのは分かる。

「……がんばって」

自分には瑞人を理解するのは無理だと悟り、慶次は子狼を抱えたまま部屋を出た。子狼は瑞人と離れて、うぉーんと泣いている。

『俺の神……俺のイマジナリーフレンドが……』

子狼は瑞人に愛着があったのか、むせび泣いている。瑞人は一応存在するのだが。

『ぜんぜん成長してないどころか、前よりちっこくなっているでありますぅ。こりゃ武蔵御嶽神社のボスも案じるはずでありますね』

子狸は子狼が小さくなっていると言い、しょんぼりしている。慶次も反省した。これからは自分が面倒を見なければならないと肝に銘じた。

「あ、慶次」

一階に下りると、ちょうど律子が来たようで玄関が騒がしかった。律子の後ろに勝利がいて、挙動不審にきょろきょろしている。律子は出迎えた使用人の薫（かおる）に、「北海道土産」と言って、大きな段ボールを渡している。律子は慶次の父の姉で、この世界に導いてくれた大切な人だ。有生の師匠でもあり、八咫烏を宿しているのもあって、今は勝利と組んで仕事をしている。ふくよかな体型に金髪に染めた風変わりな中年女性で、今日は派手な赤いワンピースを着ている。

「律子伯母さん。勝利君も来たんだ」

慶次は子狼を抱えたまま、ちょうどいいと勝利に声をかけた。勝利は二十三歳の新米討魔師で、背が高いわりに猫背で覇気のない青年だ。前髪が重く、いつもぼそぼそしゃべるので、会話ははずまない。この暑いのに、今日は黒い長そでのパーカー姿だ。慶次と目が合うと、サッと顔を背けた。

「勝利君、ちょうどよかった。預けている眷属なんだけど」

廊下を歩きながら勝利に話しかけると、その肩からにょきっと黒い子狼が顔を出した。

『おおお……。僕は存在してませんのでお気になさらず……。酸素減らしてすみません……。死にます。すぐ死にますから。だから怒らないで……』

おどおどした様子で子狼に言われ、慶次は顔を引き攣らせた。相変わらず根暗な眷属だ。つい慶次は空いている手で眷属を摑んで引き寄せた。

『ひぃいいっ！　虐待反対！　いじめは犯罪！』

手の中で子狼は哀れなほど震えている。あまり成長の度合いは見られないが、最後に会った時と大きさは変わりない。だが、陽キャの子狼に比べるとその違いに愕然とした。

『うえええええっ！　何故お前大きくなってるぅぅう！　目の錯覚か！』

白い子狼も気づいたようで、黒い子狼に唾を飛ばしている。そうなのだ。黒い子狼のほうはほんのわずか大きくなっただけなのだが、白い子狼のほうが縮んだので、その大きさの差は歴然としていた。

『自分が小さくなっただけですぅ。お前様は遊び歩いてたせいで、こうなったでありますよ。このままだと、そのうち消えてなくなるのですぅ』

子狸が白い子狼を諭すと、大きな衝撃だったのか、真っ青になっている。

『そ、そんな……俺が消える……？　俺がチリとなる……？』

白い子狼は頭を抱え、魂が抜けたみたいになった。

『ふ……っ。あれれー。何だ、いつも隣にいたお前じゃないかぁ。ぷぷ……っ。あんなに浮かれたキャラだったのにねぇ……クスクス。お可愛いこと』

黒い子狼が白い子狼を見て、ニヤニヤしている。立場が逆転したようだ。自分を卑下してばかりだった陰キャ子狼が、陽キャ子狼を馬鹿にする珍しい光景に慶次は驚いた。陽キャの子狼は顔を真っ赤にして、じたばた暴れている。

「勝利君。この子たち離れるとまずいらしいんで、返してもらおうと思うんだけど」

慶次が勝利に話しかけると、白い子狼を馬鹿にしていた黒い子狼が、びゅっと飛び出して勝利の肩にしがみついた。

『僕はここから離れない……、僕のイマジナリーフレンドを奪わないで……』

真剣な様子で勝利にしがみつく黒い子狼に、慶次は困って子狸と顔を見合わせた。勝利も存在しているのだが、イマジナリーフレンドが流行っているのだろうか。

「あっ、勝利のことだけど、しばらく本家にいるから」

会話を聞いていた律子が、横から口を出す。びっくりして勝利をよく見ると、確かに大きなボストンバッグを抱えている。

「本家にしばらく居候（いそうろう）することにしたんだよ。私もそのほうが仕事しやすいしね」

律子は明るく笑って勝利の背中をばんばん叩いている。明るい律子の態度に、勝利は無言で抵抗している。

「まぁ……本家にいるならいいのか……」

同じ本家にいるなら、物理的距離はそう遠くないはずだ。白い子狼のほうは危険を感じたので引き離したが、勝利のほうはしばらく静観しようと手を離した。

「おお、来たか。待っていたよ」

玄関の騒がしさに気づいたのか、当主と巫女様がやってくる。律子と勝利が二人に挨拶(あいさつ)をするのを慶次は微笑ましく眺めた。年齢は自分より上だが、勝利は慶次にとって後輩の討魔師だ。先輩としてしっかり指導しなければと意欲が湧いた。

「じゃ、勝利は荷物置いてきなさい。薫さん、よろしくね」

律子は使用人の薫に勝利を託して、手を振る。

「さぁ、お仕事、お仕事」

律子が廊下をずんずん進み、いつも使っている和室に入る。長テーブルと座布団、小箪笥が置かれているだけの部屋だ。律子は大きなバッグから、ノートパソコンと印字した紙の束を取り出す。嫌々ながらたまに有生と組んでいる慶次だが、律子に仕事を頼まれた時は、律子を優先している。

「そういや、健(たけし)の話、聞いた？」

荷物を広げながら、律子が思い出したように言う。

「何の話？　縁切りに行ってから会ってないし、電話もしてない」

慶次は座布団を二人分、テーブルの前に置く。山科健は慶次の父の兄の息子で、少し前に新興宗教にのめり込んで問題を起こした。親族一同で健を救いだし、もう二度と変な道にはまらないようにと一緒に縁切りに行ったのだ。

「健、心を入れ替えたみたいで、住み込みで土木作業の仕事に就いてるって。また坊主頭にしてがんばってるらしいよ」

健のその後を聞かされ、慶次は安心した。

「っていうか、縁切りに一緒に行ったの？　縁切りは一人で行くもんよ。一緒に行った人との縁も切れるからね」

呆れたように律子に言われ、知らなかったのでゾッとした。健との縁が切れたかどうかは分からないが、これからは気をつけようと記憶しておく。

「今回もなかなかいいよ。慶次、やっぱりあんたには、こういう仕事が向いていると思うんだけど」

パソコンの画面を眺めながら、律子が悦に入ったように言う。律子は討魔師として魔物や悪霊を退治する傍ら、スピリチュアルカウンセラーとして悩める人を救う仕事をしている。ネットで仕事を請け負っているためか、時には大量の依頼が来ることもあって、慶次はその手伝いをしているのだ。以前は勝利もしていたが、あまり向いていないということで慶次が主にやることになった。

「ホントにあたしの弟子として独立する気はないの？」

律子は慶次の提出した依頼主への回答メールをチェックし、残念そうに言った。才能があると言われるのは嬉しいが、慶次がしたい仕事は、魔物を討つ仕事だ。結婚の悩みや恋人がいつできるかなどという相談は、あまり気が乗らない。

「俺はやっぱり外に出たいんだよ。律子伯母さんの手伝いはするからさ」

律子からはしつこいほどに誘われたが、慶次は頑なに断った。手伝い程度ならするが、本業になったらたまらない。

『ご主人たまは筋肉脳なので、他人の色恋にぜんぜん興味がないのですぅ。ぱやぱや女子の悩みを救うより地球を救いたいお年頃なのですぅ』

子狸が慶次の横から顔を出し、したり顔で言う。

「あー……。慶次って、ヒーローもの好きだもんね。小さい頃も、特撮系のおもちゃ振り回して遊んでたし。興味ないわりに、的確な恋のアドバイスができるのはどういうわけかしら。自分の恋にも無頓着なのに」

律子が不思議そうに首をかしげる。そこでばたばたと廊下を駆ける音がして、断りもなく、ふすまが開けられた。血相を変えた勝利が入ってきて、慶次たちの前に膝をつく。

「律子さん……っ。俺の部屋、鍵がかからないんだけど……っ」

この世の終わりみたいな顔で勝利が訴えてくる。母屋には空いている部屋がいくつもあるが、そのほとんどはふすまや障子で区切られているだけの部屋だ。鍵がかかるのは二階にある耀司や瑞人の部屋だけだろう。

「それがどうかした？」

律子はキーボードを打ちながら、気のない返事だ。勝利の悲壮感が伝わってない。

「ありえないんだけど……。鍵がないとか、俺に死ねと……？　無理、無理。無理。ただでさえこんな人が多い家で、プライバシーの保証もないとか首くくるしかない……。俺、家に帰ります……」

青ざめた顔で勝利がふらふらと立ち上がり、慌てて慶次はその手を摑んだ。ハッとしたように勝利が手を振り払い、真っ赤になってこちらを見る。

「あ、ごめん。いや、落ち着けって。鍵がないのがそんな、嫌なんだ？　ノックや声かけなしにいきなり部屋に押し入る人なんていないな……、いや、瑞人くらいだと思うぞ」

いない、と言いかけて瑞人は保証できないと気づき、訂正した。

「瑞人……。そうだ、ここにはあのモンスターがいるんだった……」

勝利がぐっと胸の辺りを押さえ、頭を搔きむしる。重い前髪が揺れて、勝利の目が見えた。綺麗な目をしているのに隠すのはもったいない。

『イマジナリーフレンドが悲しみの沼にいる……。僕も悲しくなってきた……』

勝利にひっついている黒い子狼もしくしく泣きだす。

「何だっけ？　ああ、鍵がかからないって？　今どきの若者は贅沢だねー。そんないきなり部屋に入られて困ることある？　シコってんの見られるの嫌なの？」

ノートパソコンから顔を上げ、律子が呆れたように言う。そのあけすけなもの言いに慶次は真っ赤になった。勝利は逆に憤怒の表情になる。

「はー……これだからばばぁ世代は嫌なんだよ……っ。下ネタとか平気で言うし、セクハラでパワハラだって分かってんの……？　あーやだやだ……。そもそも本家なんて来たくなかったし……鍵をかけたいってそんな贅沢な発言か？　プライバシーを尊重してほしいってだけだろ……」

勝利は顔を背けてぶつぶつ呟いている。相変わらず独り言が多い。

「もっと大きな声で言ってよ、聞こえないから。大体、帰るって言っても帰るとこないでしょ。あんたの家、今リフォーム中だからいい機会だし、本家の世話になるって話だったのに。あんたもそれで了承したじゃない」

律子は呪いのように毒を吐く勝利が気に入らないのか、ノートパソコンを閉じてテーブルに肘をつく。どうやら和典さんの家はリフォーム中らしい。

「鍵がない部屋を宛がわれると思ってなかったし……。何だよ、俺が悪いのかよ……。いや無理、無理。あんな防御ゼロの部屋とか、何泊もできない……。声とか廊下に筒抜けじゃん……。ネトゲもできないし、動画も見れない……。イヤホン一応持ってきてよかった……」

勝利は律子とは目を合わさず、延々と文句を言っている。慶次は部屋に鍵がなくても気にならないが、勝利はかなり駄目なようだ。確かに空き室のほとんどはふすま越しに中の声が聞こえる仕様になっている。

「あっ。いいこと思いついた。勝利、あんた有生の部屋借りたら？」

律子が突然手を打って、目を輝かせる。

「有生……さんの、部屋？」

勝利がやっと顔をこちらに向ける。慶次も気になって話に加わった。

「そうよ。有生は今じゃ離れに居を構えちゃってるけど、昔は母屋に部屋があったのよ。二階にね。そっちなら鍵がかかるはずだし、そこを借りればいいんじゃない？」

律子がいいアイデアだと言わんばかりに立ち上がる。行動力のある律子は小走りで部屋を出て行き、当主に話をつけてきたようだ。五分後に戻ってきた時は、満面の笑みだった。

「やっぱり有生の部屋は鍵がかかるって。有生の部屋使ってもいいけど、本人の許諾とれってさ。よかったね、勝利」

親指を立てて律子が再びテーブルの前に座る。しばらくの沈黙があり、勝利が顔を引き攣らせた。

「え……？　律子さんが許諾とってくれるんじゃないんですか……？」

勝利が腰を浮かせて、声を震わせる。

「それくらい自分でやってよ。有生、いるんでしょ？」

律子はすでに仕事モードに入っていて、ノートパソコンの画面を見ながらキーボードを打っている。後半は慶次に向けた質問だったので、こくりと頷いた。

「今なら、離れにいるぞ」

慶次が答えると、勝利がどんよりした様子でうつむく。

「俺に有生さんに部屋を使わせてくださいと頼めと……？　あのラスボス魔王に……？　殺されるでしょ。対価もなしに、受け入れてくれるか……？　はい、無理、無理……。こんなことなら漫喫生活でいいって言えばよかった……。厄日か？　大殺界？　実は陰謀？」

勝利はまた頭を掻きむしって、ぶつぶつ呻いている。さすがに哀れになって、慶次はその肩を叩いた。またびくりと勝利が身を引く。勝利はスキンシップが苦手なのだろうか？

「俺も一緒に行って、頼んでやろうか？」

有生が使わなくなった部屋を借りることくらい、ふつうにできると思うが、勝利の怯えっぷりに手を貸さずにはいられなかった。勝利がおそるおそるというように慶次を見つめる。

「よかったねー。慶次がいるなら、有生の畏怖度は半減するから。ほら、行ってきなさい」

律子はにこにこして、慶次たちを手で追い払う。何となく頼られた気分になって、慶次は立ち上がった。戸惑っている勝利を連れて、部屋を出る。

「有生はケチじゃないから、ふつーに貸してくれると思うぞ」

母屋の玄関を出て、離れに向かう細い石畳の道を進む。おどおどしつつ横を歩く勝利は、けっこう背が高い。猫背にしているから怪しく見えるが、堂々として髪を整えれば、それなりの見目いい青年になりそうだ。

「あのさ、馴れ馴れしく触られるの駄目なタイプか？　俺、雑だから気に障ったらごめん」

横を歩いているものの、勝利はちっとも目を合わせないし、視線もうろついていて挙動不審だ。慶次が先輩として優しく声をかけると、そろりと勝利が目を合わせてきた。

「い、いえ……、や、別に……」

触られたくないのかと思いきや、勝利は目元を赤くしてちらちらこっちを見る。そのまま返事を待ったが、赤くなったままそっぽを向いて無言だ。嫌われているわけではないようだが、今日ほとんどまともに会話をしていない。

『ふうう。陰キャ攻め×ご主人たま受けの話になったら、ぜんぜん話が進まないのでありますぅ。おいらはやっぱり有生たまとご主人たまのラブストーリーが好みでありますね。陰キャ攻めだとスパダリは無理なもよう。素地は悪くないのでありますがねぇ』

慶次の頭に乗っている子狸は、つらつらとしゃべっている。相変わらず意味不明の単語が多い。

石畳を歩いていると、有生の離れが見えてきた。慶次はホッとして足を速めた。いつもより離れに着くまでの時間が長かったので、拒絶されたのかと思ったのだ。有生の離れは、来てほしくない人を迷わせるシステムが作動する。

「有生、いるかー？」

玄関の引き戸を開けて、慶次は奥に向かって声をかけた。勝利は辺りをきょろきょろ見回している。以前、有生には血の繋がりがない人は家に入れたくないと言われたことがあった。勝利は親族なので大丈夫なはずだ。

靴を脱いで家に上がると、緋袴（ひばかま）の巫女姿の狐がすっと現れた。勝利は初めて見るらしく、びくっと後ろへ飛び退っている。若い女性の姿でありながら、白い耳とふさふさの尻尾が揺れていたせいだろう。

「ななななな」

勝利は若い巫女姿の女性を指さして、ろれつが回らなくなっている。

「有生は暑くてシャワー浴びてるって。居間で待っててよーぜ」

緋袴の狐の話を聞き、慶次は勝利を居間へ手招いた。居間は広い畳敷きの部屋で、木目の美しい長テーブルが置かれている。慶次がいつもの場所に座ると、びくびくしつつ勝利がその横に並んだ。すぐに別の緋袴の狐がやってきて、お盆から冷茶の入ったグラスを慶次と勝利の前に置く。

「信じられない……。狐の使用人……？　怖すぎ案件……。こんな討魔師見たことない……規格外、レベチ……。親父が恐れるわけだ……」

勝利は顔を覆って、また独り言を言っている。出された冷茶も毒入りではないかと疑っているのか、一向に手を付けない。しばらくすると、濡れた髪をタオルで拭きながら、有生が居間にやってきた。タンクトップに作務衣の下を穿いているだけの姿で、勝利を見るなり、じろりと睨みつける。

「ひぃ……っ」

勝利がガタガタと大げさなほど震え始めた。有生はいるだけで負の空気を醸し出すと言われているが、いつもは感じない慶次もこの時ばかりは空気の重さを感じた。

「何か用？」

凍えるような冷たい声で有生に聞かれ、青を通り越して真っ白になった顔で勝利が腰を浮かす。

「いえ、何でも……」

回れ右して帰りそうになった勝利を、慶次は慌てて引き留めた。スキンシップが嫌いかもしれないが、腕を引っ張って無理やり座らせる。

「有生、勝利君しばらく本家でお世話になるんだって。それでお前が前に使ってた部屋、貸してほしいんだけど。勝利君、鍵のない部屋は不安で過ごせないらしいから」

本来なら勝利から言ってもらうはずだったが、地震かと思うほど揺れている勝利を見ていたらとても無理だと判断して、代わりに慶次が伝えた。

「別にいいだろ？　お前、母屋の部屋、使ってないんだし。前に見たことあるけど、荷物も残ってなかったよな？」

母屋の有生の部屋はあまり入ったことないが、ほとんどの荷物は移しているはずだ。慶次が宥めるように言うと、有生が勝利の前に腰を下ろす。

「口、ついてないの？　何で慶ちゃんに言わせてんの？」

髪をタオルでがしがし拭きつつ、有生がそっけない口調で聞く。とたんに勝利は土下座を始めた。

「すみません！　よろしくお願いします！　だからどうか、殺さないで！」

勝利らしからぬ大声で叫ぶさまを見て、慶次はぽかんとした。尋常じゃない汗を掻く勝利に気づき、慶次はぴんときた。

「有生、お前また攻撃してんのか？　新米討魔師にひどすぎるだろ。何だよ、そんなに部屋を貸すの嫌だったのか？　おい、勝利君。大丈夫か？」

勝利の怯えようは、有生から精神攻撃を受けているのだと気づいた。慶次が勝利の肩を摑んで揺さぶると、魂が抜けた様子で倒れ込んでくる。これは重症だ。

「部屋とかどうでもいいけど。勝手に使えば？　はー、何、馴れ馴れしく抱き着いてんの？　これは俺の。俺は寝取られ属性とかないから」

有生はすっと立ち上がり、勝利の腕を摑むと、引きずるようにテラスのウッドデッキに連れて行く。勝利は白昼夢でも見ているのか、うなされている。有生は勝利をウッドデッキに放り投げると、ぴしゃりと窓を閉めた。

「おい、有生！　ちょっとひどすぎ！　もうちょっと優しく扱えよ。まだ討魔師になり立ての奴だぞ？　年配の討魔師は無理でも、若手の討魔師とは仲良くしてほしいのに」

強い日射しが降り注ぐウッドデッキに放られた勝利が心配になり、慶次は猛抗議した。慶次が助けに行こうかと思ったが、緋袴の狐がわらわらと出てきて、勝利の身体を外へ運んでいく。

「慶ちゃんこそ、さっそく浮気？　俺、他の男としゃべるなって言ったよね？」

外を気にする慶次の顎を摑み、有生が額を突き合わせる。濡れた有生の肌に当たり、ひやっとした。

「だからできないことを言うなって。あいつ後輩だし、律子さんから面倒見てくれって頼まれてるし。俺には有生の言い分、冗談にしか聞こえないんだけど」

有生の不機嫌は、勝利を連れて来たせいらしい。これのどこが浮気か分からなくて、慶次は有生の肩にかかったタオルを手に取った。濡れている髪を優しくタオルで叩くと、有生がちゅっとキスをしてくる。

「あ……」

有生の唇は離れるとまたくっついてきて、いつの間にか腰を引き寄せられて深い口づけに変わっていた。ぬるりと舌が入ってきて、慶次は甘い空気に流されそうになった。

「ちょっ、待て。俺、律子伯母さんと仕事！」

有生が興奮し始めたのに気づき、慶次は急いで顔を押しのけた。真昼間から有生と抱き合うわ

けにはいかない。

「はぁ？　煽ってさおいて何それ。一時間くらい待たせておけばいいでしょ」

有生は慶次の抵抗を無視して、Tシャツの中に手を潜らせてくる。

「そういうわけにもいかないだろ！　ヤった後で、律子伯母さんにお待たせとか言えないだろうが！　常識で考えろ！」

有生の腕を摑み、慶次は全力で抗った。しばらく押し相撲になり、膠着した段階で子狸と八咫烏が出てきた。八咫烏は律子の眷属だろう。

『有生たま、絶倫ぶりを発揮したい気持ちは分からないでもありませぬが、ご主人たまは仕事をさぼって淫欲に耽るタイプではありませぬのですぅ。律子たまもお待ちですので、ここは我慢してほしいでありまする』

子狸が説明している最中に、八咫烏の眷属が、有生の腕を嘴で突く。キツツキのように激しく突かれ、さすがの有生も慶次から身を離した。

「いてっ、いてーって！　はー。律子さんの眷属、俺に厳しくね？　あー萎えた。慶ちゃん、あの中二病こじらせ陰キャ男子は家に入れるなよ？　次、ここで見かけたらぶち殺すよ？」

八咫烏の攻撃を避けながら、有生が目を吊り上げて言う。出禁リストに勝利の名が入ってしまった。

「分かったよ。あ、それと部屋の件、ありがとうな」

慶次は有生が引き下がったことにホッとして、立ち上がった。

「は？　何で慶ちゃんがお礼言うの？　慶ちゃん、自分の立ち位置間違えないで」

気に食わないと言いたげに冷たい目で見られ、慶次は無意識の発言だったことに気づいた。勝利の指導を頼まれたのもあって、つい自分が面倒を見る気になっていたのだ。

「そうだよな……。何か、あいつ、年上なんだけど、引きこもりでニートだったたって聞かされたせいか、放っておけなくて」

考えてみれば余計なお世話だったと慶次も反省した。有生がますます不機嫌になり、文句を言ってくる。急いで耳をふさぎ、慶次は玄関に走った。三和土（たたき）に置きっぱなしだった勝利の靴を抱えて、母屋に戻る。

母屋の律子がいる部屋へ入ると、一連の騒ぎを八咫烏から教えてもらった律子が爆笑していた。

「あー。有生の独占欲はすごいわね。そのうち監禁でもされんじゃないの？　勝利の奴は、魂が抜けた状態で有生の部屋に引きこもってるわよ」

緋袴の狐に母屋へ運ばれた勝利は、有生が昔使っていた部屋に詰め込まれたそうだ。そのまま鍵を閉めて出てこないらしい。

「まぁ、有生の精神攻撃食らった後だから、しばらくそっとしときましょ。勝利にとって、初めての経験だろうし」

律子は紙の束を慶次に渡して、苦笑する。有生の精神攻撃は慶次も食らったことがあるのだが、かなり恐ろしいものだった。律子いわく、有生と組んだ新米討魔師は皆、その能力で数日使い物にならなくなるそうだ。そういえば以前も後輩の弐式竜一が、有生にいたぶられて性格が変わっていた。

「あのー、律子伯母さん。有生のあの攻撃って、討魔師の間で問題にならないんですか？」

ふと周囲の反応が気になって、慶次は紙の束をめくりながら聞いてみた。紙の束には、相談案件が書き込まれている。同期の討魔師である花咲美嘉も、自分の父親が有生に苦しめられたと嘆いていたのを思い出した。

「有生のあの攻撃は、力のある討魔師は打ち払えるからね。あれに負けるのは、ある意味討魔師としては未熟って証明になっちゃうから。まぁ、有生の評判は激悪だけど、力のある討魔師ほど有生の能力のすごさは分かってるから、黙認するしかないんだよね」

ここだけの話、と前おいて、律子が明かす。有生の精神攻撃でおかしくなりかけた慶次としては、耳に痛い話だ。

「あの……、律子伯母さんもほのかさんのこと知ってるの？」

ここぞとばかりに慶次は小声で尋ねてみた。弐式ほのかは有生の母親で、かつては井伊家の人間だったというのが分かっている。和典は「あれは狐が化けてた」と言い、当主は「愛想はゼロだが可愛かった」と言っている。どういう人物か想像できなくて、ずっと気になっていた。

「ほのかさん？　そりゃ覚えてるよ。あんな強烈な人間、死んでも忘れられない」

ノートパソコンから顔を上げて、律子がまじまじと慶次を見つめた。

「そうかー。有生のお母さんだから気になるんだ？　当主以外、きっとぼろくそ言うだろうしね。和典辺りは狐だっていつも言ってたわねー。言い得て妙というか」

懐かしそうに律子が語る。

「……有生のお母さんって、井伊家の人だったんだろ？　よく認めてもらえたよね？」

慶次は思い切って律子に聞いた。とたんに律子がぴたりと口を閉ざし、複雑そうな目つきで頭を掻く。

「誰に聞いたのさ？　その件は口にしないってことになったのに」

ノートパソコンを閉じて、律子が恐ろしい形相で迫ってくる。隠しきれずに、井伊家の柊也から聞いた話をした。

「あまり口にするんじゃないよ。当主が井伊家の女性と結婚した時は大騒ぎだったんだから。あの時は討魔師としての資質を問われた気がしたねー。あの件で、討魔師の資格を剝奪された人も何人かいてね。ああ、思い出したくない。井伊家の乱だよ」

何かを思い出したのか、律子がぶるりと身を震わせる。

「資格を剝奪ぅ⁉」

想像よりもすごい状況に、慶次は詳細が知りたくて律子に詰め寄った。慶次は一度、眷属が離れるかもと不安になった時がある。そのせいか、資格剝奪というワードに異常に反応してしまった。

「どういうこと⁉ 何で当主が結婚して、そんなことに⁉」

テーブルに肘を乗せて慶次が迫ると、律子がふうとため息をこぼす。

「井伊家の人間が弐式一族に加わるのを、どうしても認められない討魔師が何人かいてね。悪いほうに堕(お)ちちゃったんだよね。慶次、あんたもよく聞きなさい。私たちは眷属を宿しているけど、眷属が宿れないくらい悪いほうに傾くと、討魔師ではいられなくなるんだよ」

真面目な口調で言われ、慶次は青ざめて頷いた。井伊家の人間をどうしても受け入れられなかった討魔師がいたと知り、胸が痛む思いだった。

(俺が子狸と一緒にいられるのって、絶対じゃないんだなぁ……)

改めて今の環境に感謝しなければと思い、慶次は気持ちを引きしめた。


母屋で勝利が暮らすようになったが、あまり賑やかという感じではないようだった。勝利は仕事以外は部屋に引きこもり、食事も部屋で食べているようだ。気にはなるものの、あまり慶次が親身になるとまた有生の攻撃を食らうかもしれない。ほどほどのつき合いにしようと戒め、慶次は律子の仕事の手伝いをしたり、巫女様や中川(なかがわ)に頼まれた雑用をこなしたりした。

有生は今、櫻木嬰子と組んで仕事をしている。高熱を繰り返し出していた時は慶次と組んだ有生だが、症状が落ち着いたのでまた戻ったようだ。嬰子は肝の据わった女性なので、有生とよく渡り合えていると評判だ。

「慶次君はしばらく勝利と、悩みごと相談の仕事をしてもらえないかな」

仕事の相棒が決まらないまま、当主にまでそう言われ、慶次はかなり落ち込んだ。律子だけでなく当主にまで「有能だと聞いているよ」と褒められたが、外に出て悪霊を祓ったり魔物を討伐したりしたい慶次にとっては複雑な心境だ。

とはいえ、勝利にとっては自宅で仕事ができる環境は、これ以上なく快適なものらしく、相変わらず微妙な回答しか出せないわりに、楽しく引きこもっている。

「ちょっといいかな、勝利君」

母屋の二階にある有生の部屋のドアをノックして、慶次は声をかけた。手には紙の束を抱えている。ややあって、ドアが薄く開き、隙間から勝利が顔を出す。勝利は慶次の後ろに誰もいないのを確認して、やっと中へ入れてくれた。

「この回答なんだけど……」

紙の束を差し出しながら慶次は部屋を見回した。有生が残した家具は何もなかったはずだが、折り畳み式のテーブルや、人を駄目にするクッション、デスクトップ型のパソコン二台と大きなスピーカーが置かれている。大型のパソコン画面にはゲームらしき映像が流れていて、亜空間に紛れ込んだ気がした。勝利はいつの間にやら、部屋を自宅と同じ仕様にしたようだ。

「す、すげーな……。この機器、どしたの？」

何故大きなパソコンが二つも必要なのか理解できず、慶次は勝利を振り返った。勝利は黒いVネックのシャツと黒いジャージのズボンという格好だ。勝利を見て驚いたのだが、いつもは目元まで隠している前髪が、今日はゴムで縛ってあって顔がよく見える。

「あ、家から送ってもらって……。ここエアコンあるし……」

言いかけた勝利が、困惑したように顎を引く。まじまじと慶次が見つめているのに気づき、ハッとして前髪を縛っていたゴムを解こうとする。

「そのままでいいじゃん。何でいつも目を隠してんの？　お前、けっこういい男なのに。その顔、表に出せばモテモテだろ？」

慶次がつい凝視してしまったのは、前髪を上げた勝利の顔が整っていたからだ。和典とはあまり似ておらず、塩顔で優しげな目元をしている。

「や、いや、あの……」

勝利は急に言いよどみ、慶次の視線から顔を逸らす。部屋の隅を見ているが、勝利の耳が赤くなっているのを見つけた。

「俺……赤面症なんで……、人と目を合わすとか無理……」

ぼそぼそと勝利に告白され、慶次は同情気味にその背中を叩いた。

「もったいないな、そんないい面隠して。別に俺といる時はいいじゃん。従兄弟だし、気負う相手でもないだろ？」

赤面症を隠すために前髪を重くしているというなら、周囲の人から慣れればいいと慶次は提案した。勝利もおそるおそるというように慶次のほうを向き、がんばってみると赤い顔で呟いた。

折り畳み式のテーブルに紙の束を置き、慶次は勝利の悩み回答へのアドバイスを始めた。以前も注意したのだが、勝利は言葉足らずというか、話を要約しすぎて相手の理解を得るのが下手だ。もっと噛み砕いて助言してほしいと伝え、修正した個所をあれこれ話した。最初は緊張気味だった勝利も、話すうちに気持ちが解れてきたのか、口数が多くなった。

「いや、だから……学校行く意味分かんないし、今時、学歴なくてもできる仕事たくさんあるでしょ……。自宅警備でいいんじゃゃ？」

不登校で悩んでいる娘を持つ親への回答に、勝利は真っ向から反対している。完全に質問者である親ではなく、子どもの目線に立っているのだ。

「あのさぁ、勝利君。ここんとこずっと一緒に仕事してて思ったんだけど、親と子の不仲の問題に関して、眷属の意見聞いてないよね？」

慶次はそっぽを向く勝利に、優しく問いかけた。慶次たちが出すべきは、世間一般で言う模範解答ではない。霊的な世界の目線で、質問者にベストな助言をすることだ。勝利は他の質問には眷属の助言を伝えているのに、こと家族に関する悩みには脊髄反射のように子どもにとって楽な選択しかしない。

「……確かに。え、俺……怖すぎ」

勝利は慶次の指摘にショックを受けたように固まった。自分で気づいていなかったらしい。

「恥ず……。問題の回答、全部やり直します……」

机の上に広げた紙の束を掻き集め、勝利がうなだれて言う。間違いと分かったら認められるのはいい点だと思いつつ、慶次は膝を抱えた。

「勝利君、家族のことで悩んでいるのか？　和典さんと上手くいってないようなこと言ってたけど」

以前、勝利は父親である和典のことを『社交的で討魔師やってて、いかにもいい父親面した親父』と辛らつに話していた。好きじゃないとも言っていたし、問題があるのではないだろうか。

「はぁ……。まぁ別に……」

面倒そうな口ぶりで勝利が黙り込む。

「和典さんってどこが問題なの？　俺はあんまり親しくないけど、やっぱり正義感振りかざしそうな感じなのか？」

慶次が気になったのは、前に勝利が陰で慶次のことを『正義感振りかざして迫ってくる優等生タイプ』と言っていたのを覚えているからだ。けっこうショックだったので、自分に悪いところがあるなら直したいと思った。

「えー……。や、そーすね……」

勝利は明らかに口が重くなり、意味のない言葉を口にするだけだ。そういえば前に悩みを打ち明けたりしないと言っていたので、慶次に家族問題を明かす気はないのかもしれない。

「あのさ、こんなこと言い出したのは、俺もそういうとこがあるかもって心配になって。ごめん、前に独り言を言ってるの聞いちゃったんだけど、俺ってお前のためだから、とか言いそう?」

黙り込んでしまった勝利に、慶次は思い切って尋ねてみた。勝利は目を丸くして慶次を見つめ、赤くなった顔を手で覆った。

「え、どこで聞かれてた? まさか、あの山? やばい、だから独り言やめようと思ったのに、最悪、死ぬるわ。マジ焼き土下座案件。思っててもロにしちゃ駄目だったのに」

動揺した様子で勝利がぶつぶつ言っている。うろたえているのでどうしようか困っていると、勝利の肩からにょきっと黒い子狼が姿を現した。

『イマジナリーフレンドは正しいものが苦手なんだ……。許してあげて……。僕たちはあなたみたいな明るいスポットライトを浴びてるような人種が苦手だから……』

黒い子狼にうるうるした目で言われ、慶次は呆気にとられた。しばらくの間一緒にいたせいか、黒い子狼は勝利と気持ちが通じ合っているようだ。

「別に俺、スポットライトなんか浴びてねーけど。今思えば、学校でもちょっと浮いてたし。小さい頃から討魔師になるのが夢で、すべての事柄がそこに結びついてたせいか、高校の時も男友達には変な奴呼ばわりされてたくらいだし」

勝利に誤解されているのを感じ、慶次は過去のエピソードを語った。常に清廉潔白でなければならないと思って、渡されたエロ本をびりびりに破き、アダルト系の円盤は叩き割り、同じクラスの男子から『妖精になろうとしている』と陰口を叩かれた話をした。討魔師になるためには自慰もしてはいけないと思っていたと明かすと、勝利が顔を覆っていた手を広げた。

そして、聞いたことのない声で笑いだした。よほどおかしかったのか、腹を抱えて笑っている。そこまでウケるほどの話だったかと慶次は逆に慄き、涙を流して笑う勝利の腹に軽く拳を入れた。

「ひー、慶次さん、マジすごい」

勝利が笑っているところを見たのは初めてで、慶次も何となく楽しくなって勝利の肩を押した。

「そんな笑うことないだろ、当時の俺は真剣だったんだぞ」

笑いが収まらない勝利の肩を揺さぶっていると、長い腕が伸びてきて、逆に慶次の手を摑む。友達がやるみたいに押し合いをしていると、ふっと顔が近づいた。

「慶次さんって、可愛い顔してる……」

勝利が慶次の顔を覗き込んで、呟いた。気づくと、勝利の唇が慶次の唇に重なっていた。思考停止すること、十秒。触れたのと同じくらい、突然、勝利が飛びのいた。

「わーっ!! わーっ!! なっ、何で俺……っ!?」

勝利自身も混乱した様子で、真っ赤になって部屋の隅で頭を抱えている。勝利にキスされた、

と遅まきながら気づき、慶次も血の気が引いた。今の雰囲気で、何でキスに至ったのか、ぜんぜん分からない。

「ばばば、馬鹿っ、お前何すんだよ！」

有生以外とキスをしたのは初めてで、慶次は今さら口を押さえた。楽しくはしゃいでいただけなのに、一転して事件発生だ。

「わわ、分からねーっ、何か、慶次さんの唇が目に入って、慶次さん、顔は女の子みたいに可愛いし、触れてみたいと思ったら、ちゅっと……っ、こ、この俺が……っ、ありえない、一生誰とも交わらない覚悟で生きてきたのに」

勝利は床を手で叩きながら、頭を掻きむしる。慶次は真っ白になっていた頭が少し冷静になり、顔を強張らせた。どうやら勝利は無意識に慶次の唇を奪ったようだ。まさか勝利が自分にそんな行為をするとはみじんも思っていなかったので、慶次も無防備だった。

(キス！　え……これって、浮気では)

恐ろしい事実に気づき、慶次は真っ青になった。

「お前……、有生に殺されるぞ！」

慶次が怯えたのは、この件が有生に知られたら、間違いなく瞬殺されるであろう未来だった。しゃべるだけで浮気と言っている男が、キスをされたなどと知ったらどうなるかは明白だ。

「その覚悟があってしたのか!?」

思わず正座になって問い詰めると、勝利がぶんぶん首を横に振る。

「ないっす！　ぜんぜんない！　魔が差した！　うあああ、時を戻せたら……っ」

勝利にその覚悟はなかったようで、ひたすら後悔している。人にキスをしておいて目の前で後悔している姿を見ると、何だか無性に腹が立ってきた。

『ふー。当て馬の風上にもおけない野郎ですねぇ……』

ふいにひやりとする空気を伴って、いつの間にやら子狸が横で葉っぱを口に銜えて腕を組んでいた。

『やっちまいましたねぇ……ご主人たま……。だからおいらが、あれほどご主人たまはモテ期だと言ったじゃないですかぁ……』

じっとりとした目で言われ、慶次は思わず自分の身体を抱いた。

「こ、子狸っ！　このことは内緒にしてくれっ、有生を殺人犯にするわけにはいかないっ」

『まぁおいらもその件に関してはやぶさかではありませぬが……、今死ぬか、数日後に死ぬかの二択しかないでありますよ……？』

「死ぬの確定かよっ！」

慶次はがばっと子狸に抱き着き、必死に頼み込んだ。

「子狸！　どうにかしてくれ！　まさか有生以外の男が俺にキスするなんて、考えもしなかった俺が悪い！　あれは事故だっ、免責事項だろっ！　さすがに討魔師を半殺しにしたら、有生の立場はどうなる⁉　ただでさえ、嫌われまくりなのにっ」

なかったことにしたくて、慶次は子狸にすがりついた。有生が本気で怒ると、とんでもない状態になるのは過去の事例でも明らかだ。眷属の力でどうにかならないかと、頭を下げて頼んだ。

『ご主人たま……物語の性質上、こういう浮気がばれずに終わるのはありえないのであります。でもまぁ、ご主人たまが有生たまの心配ばかりしていたことは、おいらフォローしときますよ。密告はしないですので、頃合いを見計らって自首したほうが身のためと思いやす。人から聞かされるのと、恋人から聞かされるのでは、怒りゲージの溜まり方が違いますしぃ』

滔々と子狸に指導され、慶次は頭を抱えた。自分に非はないはずだが、何故こんなに後ろめたいのだろう。そもそも何であの雰囲気でキスなどしたのか。

「勝利君、何で俺にキスなんかしたんだよ？　俺のこと好きだったのか？」

先のことを考えると頭が重くなり、慶次は恨みがましい目を向けた。

「あ、や……。何か近くに顔があったから……」

勝利の返事はさすがの慶次もイラッとするものだった。勝利の頭にチョップを食らわし、部屋の隅へ移動する。

「何が陰キャだよ。近くに顔があるだけでキスする陰キャがいるか？」

腕を組んで文句を言うと、勝利が赤くなって背中を向ける。

「すんません……。ホントは前からちょっと可愛いと思ってて……男のわりに綺麗な顔してるし……。あんなラスボス魔王とつき合えるくらいだし、よっぽど許容範囲が広いのかと思って……俺にも優しいし……」

壁に向かって勝利がぼそぼそ言っているが、あまりよく聞き取れなかった。

「俺の親父……慶次さんとは違うから……。いや、似てるかもと思って慶次さんと関わりたくないと思ったけど、話してみると違ってた……。俺の親父は誰とでも打ち解ける懐が広いキャラっぽく振る舞ってるけど、実際は自分の考え以外を認めてないっつーか……。当主にも劣等感持っているの気づいてないし……。そのわりにいい親っぽく見えるのがたまらなく嫌っていうか……」

勝利が膝を抱え、内心の思いを小声で吐き出している。ところどころよく聞き取れないところがあったが、勝利が胸の内を明かしてくれたことは、打ち解けてくれたようで嬉しかった。やはり傍から見る人物像と、家族から見る人物像は違うのかもしれない。

「俺が思うに、和典さんと勝利君ってキャラ的に合わないよな」

慶次が近寄って勝利の背中を叩いて言うと、ぱっと振り向く。

「そう、そうなんです。俺と親父は分かり合えないタイプっていうか……だったら分からないでいいのに、分かってる振りするのがムカつくっていうか」

我が意を得たりとばかりに勝利に熱弁され、慶次も苦笑した。

『ご主人たま、リアルでも人生相談を始めたのでありますかぁ？　おいらもご主人たまは武器を振り回すより、病める人の心に寄り添って助けるほうが合っていると思いますですよ』

うんうん、と子狸に頷かれ、慶次は少し複雑な気分になった。

「まぁでも家族になったってことは、何かそこに学びがあるってことだろうしな。俺も家族から距離を置かれちゃってるけど、家族だし、時間の経過で問題が解決する可能性もあるだろうと思って放置してる」

自分の家族のことも考え、慶次は勝利に父親と断絶はしてほしくなかった。友人なら離れられるが、家族の縁は死ぬまで続く。

「そうだろ？　子狸」

確認するように慶次が聞くと、子狸が扇子(せんす)を広げて踊りだす。

『ご主人たま、実は生まれてくる子は皆、自分で親を選んでいるのでありますよぉ。だから知ったかブリブリの父親でも、極悪非道な毒親でも、本人が選んでいるのですぅ。何でだよってお思いでしょうが、そういう親の下に生まれた子は、ハードモードの人生を選んでいる熟練した魂なのですねぇー。生ぬるい人生ゲームはもう飽きたって猛者(もさ)なので、ハードモードを楽しむしかないのでありますぅ』

子狸の話は目から鱗(うろこ)で、慶次は「ホントかよ」と突っ込んでしまった。

『あと家族の問題は開運に繋がるので、おいらとしてはぜひわだかまりをなくしてほしいでありますねー。家族というのはそれほど人生において大きなウエイトを占めるのであります』

子狸が開運と書いた書を広げる。

「……何か、グダグダ語ってすんません」

くるりと勝利がこちらを向いて、頭を下げる。珍しく声がよく通って聞きやすかった。親への思いを吐き出したことで、勝利なりに思うところがあったようだ。

「気にすんなって。俺たち、従兄弟で同じ討魔師だろ。しゃべりたい時あったらつき合うぞ」

気軽に答えた後で、そういえば先ほどキスをされたのだと思い出した。

「とりあえず、さっきのことは事故ってことで、何もなかった！　ってことにしよう！」

慶次はすっくと立ち上がり、拳を握って言った。

「それでいいな！　有生に知られたら殺されると思えよ！」

勝利に向かって何度もそう告げ、慶次は残りの修正を押しつけて部屋を出た。廊下に誰もいないのを確認して立ち去ろうとすると、「慶ちゃーん」と甲高い声がする。

「あはっ。勝りんのとこに行ってたのぉ？　勝りんってば、僕のこと部屋に入れてくれないのぉ。慶ちゃんと一緒なら入れてくれるかなぁ？　もっと仲良くなりたいのに、勝りんってばこういう時だけ年上風吹かすんだもん」

背中に羽根をつけた衣装で、瑞人が騒ぎながら近づいてくる。

「し、静かにっ、お、俺は仕事で寄っただけだからっ」

勝利の部屋に入ったことが知られれば、キスした件も芋づる式でばれそうで、慶次は瑞人の口をふさいで怖い顔で言い含めた。瑞人に見られたせいか、鼓動が速まっている。

「ひゃっ」

瑞人の口をふさいでいた手がべろりと舐められる。とっさに手を離すと、瑞人が面白そうに笑った。

「もー、僕の口をふさぎたいなら、慶ちゃんの熱い唇にしてよねっ。僕、慶ちゃんならいつでもオッケーだから。あ、でも慶ちゃんとだと百合っぽくなっちゃうかなぁ？」

冗談か本気か分からないことを、瑞人は指でハートを作りながら言っている。勝利といい、瑞人といい、気のせいか周囲の男が皆、変に見える。

「あ、俺、もう行くから……」

これ以上瑞人と話していると危険だと察し、慶次はさりげなく身を離した。

「待って、慶ちゃん！　クルーズの予約取ろうと思うんだけど、時間や乗る港、僕が勝手に決めていい？」

去ろうとした慶次のシャツを引っ張って、瑞人が言う。竹生島に行くには、船を利用しなければならないので、予約が必要なようだ。

「頼んでいいならお任せするよ」

そういえば滋賀に旅行に行く予定があったことを、すっかり忘れていた。

「電車とか切符の手配はいいのか？」

高知の山奥から滋賀県まで、けっこう距離がある。当主たちはきっと車で行くつもりだっただろう。

「それは有生兄ちゃんの車で行くから、問題なしだよっ。僕は運転できないけどねっ」

当然のごとく言われ、慶次は少し不安になった。巫女様が運転免許を持っていたとしても、八十を超えた老人にハンドルを任せられない。だとすると、慶次と有生で運転して行くことになるだろう。問題は、慶次の運転を有生がひどく嫌がることだ。

「有生に負担がかかるなぁ……。まぁでも巫女様がいるからな……」

元気に見えても、巫女様は老人だ。自分たちと同じ体力を求めないようにしなければ。

瑞人と旅行先の話をいくつかした後、慶次は母屋を出て、離れへ戻った。玄関の引き戸をそっと開け、有生がいないのを確認する。有生は昨日から嬰子と北海道へ行っている。お盆の間は意外と依頼が多く、有生のような力を持つ討魔師は西へ東へと駆り出される。

「ふー……」

家中を見て回り、有生がいないことを確かめ、慶次はやっと一息ついた。

『ご主人たま、その調子ではいずれボロが出ると思われますぅ。ちょっと突いたらすぐに自白するちょろい犯人にしか見えませぬぅ』

びくびくしながら家の中を見て回った慶次を、子狸が的確に指摘する。

「わ、分かってるよ！　俺は嘘をつくのとか、ホント苦手なんだって！　はー。もう、何で勝利の奴、あんなことするんだよ。おかげで俺が怯える始末じゃないか」

誰もいない居間に寝転がり、慶次は頭の後ろに手を回した。天井を眺め、勝利にされたキスを思い返す。有生とのキスとは違い、特にドキドキもしなかったが、有生にばれることを考えると手汗は掻くし、脈拍がやばいことになる。

(有生に正直に告白……は、絶対無理！　何をどう言っても、勝利君が殺される)

将来のある若者の命を奪うことは、慶次にはとてもじゃないができなかった。

(俺はこの秘密を墓場まで持っていこう！)

悲壮な覚悟を決め、慶次はばれませんようにと神に祈った。

■3　旅行は命がけ

お盆の時期は慶次も実家に戻り、墓参りに行き、家族と過ごした。

有生と同居するという話をしてから、家族はこれが最期とばかりに慶次に別れの言葉を口にする。お盆にも帰らないと思っていたと言われ、どれだけ薄情と思われているのか気になった。家族は皆、有生を恐れていて、慶次と早く別れてほしいと願っている。

お盆明けに本家に戻ると、相変わらず上空では烏天狗が攻撃を退けていた。今回はやけに長いと皆が口にする。離れに戻る前に母屋に顔を出して、地元で買ってきた手土産を渡そうとすると、事件が起きていた。

「巫女様！　大丈夫ですか！」

今朝、巫女様は階段から落ちて足をくじいた、と使用人の薫が教えてくれた。急いで巫女様の部屋を訪ねると、つらそうな顔で布団に寝ていた。

「おお慶次か。こんなことになってしもうてのう」

寝間着姿の巫女様がだるそうに上半身を起こす。傍についていた使用人の薫がその背中を支え、クッションを後ろに置く。いつもは綺麗にまとめている白髪も、今は下ろして乱れた状態だ。巫女様の元気がないと慶次も不安になり、布団の前に正座した。

「あの……やっぱり井伊家の攻撃で？」

慶次は神妙な顔つきで巫女様を見つめた。当主と由奈の子が攻撃を受けたように、老人である巫女様も攻撃を受けたのかもしれない。

「うむ、ちょっと油断しておっての。そう暗い顔をするでない。年寄りにはよくあることじゃ。ちょうどよかった、旅行のことを話したかったんじゃ。わしがこんな状態なんで、わしの代わりに誰か行ってもらおうと思っての」

そういえば明日から滋賀へ旅行に行くのだ。確かにこの状態の巫女様を連れてはいけない。

「耀司たちは祈禱を頼んでおるからのー。今、空いているのが勝利くらいしかおらん。お前さん、勝利を連れて行ってはくれまいか？」

あまり聞きたくなかった名前が出てきて、慶次はどきりとした。勝利と旅行。不安しかない。

「お前も知っての通り、黙っていればあやつ、延々引きこもって出てこん。社交的とは言い難い奴じゃが、わしの代わりによろしく頼むぞ。なーに、歳も近いし、きっと打ち解ける」

巫女様はいいアイデアだというように、満面の笑顔だ。

「え……、や、勝利は納得してるのかな……？　有生がいるんだけど」

有生と瑞人と勝利と自分の四人で旅行——想像しただけで嫌な汗を掻いてきて、慶次は声を震わせた。

「勝利の奴には、仕事と思って行ってこいと言ってあるぞよ。そんなわけで、一番常識人のお前に頼むわな」

巫女様に肩を叩かれ、慶次は硬直した。個性が強すぎる集まりに、何で自分が加わるのか。急に行きたくなくなってきた。

「で、でもぉ……有生、納得するかなぁ……」

足をもじもじさせて慶次が言いよどむと、「有生には言ってある」と巫女様が頷く。

「ため息ついて、『めんどくせー』と言っておったが、わしに免じて受け入れてくれたわい。瑞人に至っては、勝利を連れて行こうと言ったのはあやつじゃからして」

巫女様の話を聞くと、慶次以外は皆受け入れる態勢だ。ここで自分だけが反対するのはよくないと諦め、慶次も分かりましたと頷いた。

『波乱の幕開けですぅ。問題児四人で旅行とか、おいら不安しかありませぬぅ。混ぜるな危険メンバーですぅ』

母屋を出て離れに向かう途中、子狸も頭の上で弱気な発言だ。

「そもそも、集団で動けない奴ばっかりだろ？　先に旅館とか旅行日程とか、情報共有したほうがいいよな？　あー、不安。……ところで、子狸」

石畳を進みつつ、慶次はきょろきょろと周囲を見回した。

「あの白い子狼、どこ行った？　瑞人から引き離してから、ぜんぜん見かけないんだけど」

黒い子狼のほうは勝利のもとにいるのが分かっているが、自分のところに戻したはずの白い子狼がずっと見当たらない。

『はい、あやつは黒いほうより小さくなったのにショックを受けて、おいらの腹の中にずっと引きこもっておりましたぁ』

子狸がふさふさの腹の中に手を突っ込み、ずぼっと白い子狼を取り出す。最初に引き受けた頃より、半分くらいの大きさになった白い子狼は、子狸の手でぶらぶら揺れている。覇気もないし、いつも自信満々に豪語していた口は完全に閉じたままだ。

「え、大丈夫なのか……？　マジで消えちゃうんじゃ？」

慶次が心配になって手に抱えると、ぐったりした様子で白い子狼がちらりとこちらを見る。

『すべては夢、幻なり……、諸行無常……。俺が手にしたものは砂の楼閣……』

消え入りそうな声で白い子狼が自分を哀れんでいる。それほど黒い子狼より小さくなったのがショックだったのだろう。

「別の子狼みたいになったな。高くなった鼻がぽきっと折れたのか。何か仕事を頼めば、大きくなるか？」

慶次がしゃがみ込んで子狸に聞くと、こくりと頷く。

『おいらが仕事をしろと言っても、鬱々(うつうつ)してるだけで駄目なのでありますぅ。あんな陽キャが鬱っぽくなって、躁鬱病かもしれませぬのう。コーラなんてがぶがぶ飲んでるから小さくなったのでありますぅ』

確かにお供え物でコーラはあまり聞いたことがない。慶次はけっこう好きで、たまにがぶがぶ飲んでいる。白い子狼は外が怖くなったのか、再び安全な場所を求めて子狸の腹に潜り込んだ。神棚に捧げているお供え物をあげたらどうかと話しながら、慶次は離れの玄関前に立った。

勝利とのキス事件が起きてから、有生と会うのは今日が初めてだ。絶対にばれないようにしなければならない。有生が仕事から戻ってきた頃に慶次は実家に帰ったので、すれ違いが続いていた。

(あれは何もなかった……なかった……なかった)

自分に言い聞かせ、引き戸に手をかける。

「た、ただいまー」

なるべく明るい声を出そうと心掛けつつ、慶次は奥に向かって声をかけた。靴を脱いで奥へ進み、自分の部屋に旅行用の荷物を置いてくる。有生にも買ってきた土産のオレンジジュースを抱え、居間へそろそろと向かった。

有生は居間で昼寝をしていた。エアコンがついていて涼しいので、眠ってしまったのだろう。何となくホッとして、土産のジュースを冷蔵庫にしまいに行った。

「おかえり」

慶次の帰宅に気づいたのか、有生が目を擦ってのっそり近づいてくる。後ろから有生が抱き着いてきて、顎に手をかけてくる。

「ただい……」

ま、と言いかけたところでキスをされ、慶次は冷蔵庫を閉めた。有生はついばむようなキスをして、大きくあくびをする。勝利とのキスを思い出さないか心配だったが、有生とのキスはただ気持ちよく、慶次はくるりと身体の向きを変えて抱き着いた。

「んー」

久しぶりだったので、慶次は背伸びをして有生とキスを続けた。有生の指が髪に潜ってきて、優しく撫でられる。分厚い胸板に抱き着いていると心地よく、触れる唇の感触と吐息がたまらない。

「慶ちゃん、甘い味がする」

キスの合間に有生が笑いだし、慶次はハッとして口を手で押さえた。バスに乗る前に暑くてソフトクリームを食べたのを思い出した。

「もうキスおしまい。そういや、旅行のこと聞いたか？」

口にアイスがついたままだったのが恥ずかしくて、慶次は有生の背中をツボ押しした。

「はー。やってらんないね。瑞人だけでも邪魔なのに、あのウザ男も一緒だろ？　幼稚園児の引率しろって？　しかもこの面子、俺が運転手じゃん」

有生は苦虫を噛み潰したような表情だ。

「俺も手伝ってもいいけど」

拒否されるだろうと思いつつ、慶次が言うと、案の定「旅行先で事故とか無理」と冷たい言葉が返ってきた。一応今のところ事故を起こしたことはないのだが。ちょっと有生の車を擦ってしまっただけだ。

「珍しいな。それでも行くんだ?」

これだけ嫌がっていたら旅行自体をキャンセルするのではないかと思ったが、有生は行くことについては否定しない。

「あー……。お役目ってもんがあるからね」

遠くを見ながら有生に呟かれ、気になったものの、抱き寄せられて話が頓挫した。久しぶりだからと寝室に連れて行かれ、いつの間にか敷かれた布団にもつれ込んだ。昼間から抱き合うのは乱れた関係のようで嫌なのだが、実家に戻っていた時も有生のことを考えていたので、愛撫に流されることにした。

勝利とのことは頭からすっかり抜け落ち、慶次は有生の肌の感触に溺(おぼ)れた。

明日から旅行ということで早めに就寝した慶次は、真夜中、スマホの着信に起こされた。寝ぼけ眼でスマホを見ると、見知らぬ番号から電話がかかっている。不審に思いつつ電話に出ると、押し殺した声が響いてきた。

『慶次君？』

声を聴いて、井伊柊也だとすぐに分かった。パッと頭も覚醒して、布団を撥ねのける。隣で眠っている有生は、昼間にさんざん慶次を犯したせいか、起きる気配はない。

「柊也か？」

有生に気づかれたら電話を切られそうで、慶次は潜めた声で問いかけた。井伊柊也は井伊家の三男で、慶次とは以前マンションの隣室に住んでいたことで知り合った。ボランティア活動に精を出すような人のいい男で、井伊家の人間とは知らず、慶次は友達になったのだ。けれどその柊也は多重人格者で、善人の柊也とは別に、人を平気で傷つける危険な性格を持ち合わせていた。

『うん。今、ちょっとだけ家族と離れられた。時間ないから手短に言うね。父が、大規模な災害を起こそうとしてる。主要な神社の霊石を壊そうとしてるみたい』

目の覚めるような恐ろしい情報に、慶次は息を吞んだ。魔物や悪霊を駆使して暗躍する井伊家で、善人の柊也だけはそれに抗おうとしている。柊也は最後に会った時、「井伊家の情報を流す」と慶次に明かしてきた。

『どうか、阻止して。あと、俺のスマホから連絡来ても、俺じゃないかもしれないから、信じないでね』

口早に柊也は言うなり、ぶつりと電話を切った。

柊也の情報は慶次の頭を悩ませるものだった。神社の霊石を破壊するなんて、本当だろうか？　それでなくても本家に攻撃が続いている中で、まだ何かするのかと不安になる。

「子狸。神社の霊石って壊したらまずいよな？」

今すぐこの情報を当主に伝えるべきか悩んで、慶次は子狸に尋ねた。

『とんでもない話ですぅ。あれは飾りではなく、地中深くに根を這って日本国を守っている大切な杭(くい)なのですぅ』

ぽんと飛び出てきた子狸に教えられ、慶次は今すぐ伝えようと腰を上げた。

有生を起こさないようにそろりと布団から抜け出して、Ｔシャツに短パンの姿で寝室から出た。お堂では祈禱が二十四時間態勢で続いている。井伊家が力の出る夜に攻撃を集中させるせいだ。陰陽に則(のっと)り、弐式家は明るい時間に強く、井伊家は夜に強い。

慶次は懐中電灯で足元を照らしながら、母屋へ向かった。住人を起こさないようにそっと引き戸を開け、暗い廊下をひたひたと歩いた。

渡り廊下を使って別棟に進むと、お堂の窓から明かりが見えた。読経が扉越しに聞こえている。慶次がそっとお堂の扉を開けると、板敷きの大きな部屋があり、祭壇が見えた。祭壇の前には当主が座っていて、火をくべ、祈禱をしていた。部屋は蒸し暑く、当主の読経の声が響き渡っている。お堂内にはすごいエネルギーが充満していて、さすが当主の読経は力があるなと慶次は感心した。

「慶次君、どうかしたのかい」

お堂に入ってきた慶次に気づき、作務衣姿の耀司が近づいてきた。お堂には他にもベテラン討魔師の斎川一星（さいかわいっせい）がいた。大仏みたいな顔の中年男性だ。

「あの実は、柊也から電話が来て……」

慶次は当主の読経の邪魔にならないようにと、小声で電話の内容を打ち明けた。話の途中で斎川も寄ってきて、その内容にしかめっ面になる。

「本格的に戦争でもする気か？」

斎川は腕を組み、呆れた表情だ。

「どこの神社かは、言ってなかったんだね？」

耀司に確認するように聞かれ、慶次は頷いた。

「すぐに電話が切れちゃって。霊石って、破壊すると災害起こせるって本当ですか？」

慶次がそわそわして聞くと、耀司が苦笑する。

「どこの霊石を壊すかにもよるけど、地盤が不安定になる可能性はあるね。この国は龍によって守られているから」

龍によって守られていると聞き、慶次は目を輝かせた。

「龍が守ってる！」

こういう話が大好物の慶次は、夜中なのに目をらんらんとさせた。

「そうそう。ほら、日本地図を見ると、分かる。龍の形に似てるだろ？　この国の発展には龍が欠かせないのさ」

耀司が微笑みながら言う。

「戸隠（とがくし）と箱根の九頭龍（くずりゅう）神社の龍が、地震が起きないようにその爪を地面に突き立てて抑え込んでいるんだよ」

斎川も面白そうな声で話してくれて、慶次はますます興奮してきて、「かっこいい！」と拳を握った。

「今度お参りした時にお礼、言っておきます！」

慶次が勢いよく言うと、耀司と斎川が笑って何故か頭をぽんぽん叩いてきた。

「花見の宴の時も思ったけど、慶次君が五歳児くらいに見える」

斎川にからかわれ、慶次はムッとして唇を尖らせた。

「俺は成人してます！　あ、そんなわけで、当主にも伝えて下さい。また柊也から電話が来たら、知らせますから」

慶次は読経中の当主を気にして、耀司に伝言を託した。分かったと手を上げた耀司に「明日から旅行だし、もう寝なさい」とお堂から追い出された。

柊也の情報は気になるが、耀司に知らせたから、当主が手を回してくれるだろう。

不安な気持ちが緩和され、慶次は落ち着いた気分で離れに戻った。


翌朝は、雲一つない晴天だった。早朝に目を覚まし、急いで旅の支度をした。車に荷物を詰め込み、なかなか起きない有生を引きずって浴室へ放り込んだ。有生は昨日シャワーも浴びずに寝てしまったので、情事の匂いがぷんぷんする。慶次は旅行用に買ったニットのシャツを着込み、朝食を終えてあとは出発するだけだ。

「慶ちゃんっ、勝りんが籠城(ろうじょう)して出てこないのぉ。手伝ってぇ」

車にクーラーボックスを運んでいると、瑞人がスーツケースを引きずって騒いでいた。今日の瑞人は、鎖骨と肩を出した派手なシャツに、細い足を露(あらわ)にしたショートパンツ姿で、髪に可愛い飾りをつけているせいか、一瞬女の子かと見間違うほどだった。

「え、籠城って何」

目を丸くして瑞人に引っ張られて勝利の部屋へ行くと、鍵がかかってドアが開かない。

「おーい、勝利君。もう出かけるぞ」

慶次がドアをノックして扉越しに言うと、「体調が悪すぎるんで……俺は留守番で」というか細い声が返ってくる。

「勝りん、もー、予定通りにいかないの困るでしょっ。勝りんが元気なのは、昨日の夜に確認済みだよっ。早くここ開けてっ」

瑞人はガンガンとドアを叩いている。

『どうやら有生たまに恐れをなして、旅行にちびってるようでありますねぇ。ですが、これは眷属たまも推奨している旅行でありますし、ここは強引に引きずり出すのがいいと思われますぅ。おいらの秘儀をお見せしましょう』

子狸がひょいっと出てきて、すっと消える。中から「やめてくれ……っ、無慈悲か……っ」という勝利の声がしたと思ったとたん、ドアの鍵が解錠された。

『いらっしゃーい』

子狸がドアを開けて、中に招き入れる。勝利は部屋の隅でうずくまっていた。一応旅行の支度はしたようで、ボストンバッグは置かれている。中を覗いて、衣類やノートパソコンが入っているのを確認した。慶次は勝利がうだうだ言っている間にボストンバッグを肩にかけ、車に運んだ。

「あー。慶ちゃんと二人で旅行がよかったな」

ようやく有生も起きてきて、あくびをしながら車のところで合流した。慶次は瑞人と勝利の荷物をトランクに収め、出発時間より三十分遅れて出てきた勝利を見やった。勝利は瑞人に腕を引っ張られ、この世の終わりのような顔でこちらに向かっている。黒いTシャツに黒いズボンと、相変わらず黒い服が多い。瑞人と並ぶと黒子に見える。

「有生、言うまでもないが、勝利君をいたぶるような真似は駄目だぞ」

念押しするように慶次が言うと、運転席に座り、有生が「へいへい」と適当な返事をする。

「んもー。勝りん、往生際が悪いのっ。こんなミラクル可愛い僕と旅行ができるなんて、これほど光栄なことないでしょっ？　むしろ張り切って徹夜くらいしてっ。あーもー、その洗濯しすぎたよれよれ黒T、ダサッ。僕の服、貸してあげようか？」

後部座席に勝利を押し込んだ瑞人が、頬を膨らませて文句を言っている。出発を聞きつけたのか、当主が出てきて、慶次に封筒を差し出した。

「慶次君、すまないね。瑞人が迷惑をかけるかもしれないから、何かあったらこれを」

白い封筒を渡され、慶次は苦笑して受け取った。すでに宿代は支払われているので、交通費や食事代が入っているのだろう。

「いってきます」

慶次は助手席に乗り込み、当主に手を振った。シートベルトを締める慶次を横目で見ながら、有生がゆっくりと車を出発させる。

参道を走っている間、上を見ると、烏天狗が鳥居の上に座り、一服している。今日は攻撃が収まったのだろうかと、少し安堵した。それにしてもあれからずっと読経していたはずの当主は元気だ。

「出発進行！　やーん、旅行、楽しいねっ」

公道に出ると、瑞人がうきうきした様子で隣にいる勝利に抱き着いている。勝利は車に乗り込んでから青い顔で黙り込んだままだ。

「勝利君、大丈夫？　音楽でも流す？」

浮かれまくっている瑞人と対照的にどんよりしている勝利が気になり、慶次は後ろを向いて声をかけた。

「俺……生きて帰れるのか……？　これが死出の道ってやつなのか……？　黄泉（よみ）へのカウントダウン始まったよ……。はー、勝利ジ・エンド。こんな怖い車に何で慶次さんも瑞人も平気なんだよ……神経いかれてるのか？　車に乗り込んだ時から、俺の心臓が止まりそうなんだが」

勝利は頭を掻きむしり、また小声で独り言を言っている。そういえば前に中川が有生と一緒の車に半日も乗っていられないと言っていたのを思い出した。慶次は気にならないが、密閉された空間に有生といるのは、恐怖を駆り立てるらしい。そう思って有生を見ると、確かにイラついた顔をしている。

（幸先悪そうだけど、大丈夫かな）

曲がりくねった山道を運転している有生は、不機嫌そうにハンドルを握っている。後部座席の勝利を安心させるためにも、有生の機嫌をとろうとショルダーバッグから飴やガムを取り出した。

「有生、何か食べる？　ガムと飴とグミがあるけど」

道中で口寂しくなったら出そうと思ったお菓子を広げると、ちらりとこちらを見た有生が不意を衝かれたようにぷっと笑った。

「慶ちゃんって、いつも旅行になるとすげーお菓子買い込むよね」

ニヤニヤしながら言われ、そうだったかなと慶次は首をひねった。

「え、これフツーじゃない？　旅行っていったら、お菓子だろ？」

旅行バッグのほうにもスナック菓子がいくつも入っている慶次としては、ごく当たり前の状況だ。

「小学生かよ。まぁ可愛いけど」

にやーっと有生が笑い、少しムッとしたので、その口にグミを押し込んだ。有生は素直にグミを咀嚼している。

「……奇跡、か……？」

後部座席にいた勝利が、震える手で顔を覆う。

「え、急に空気が楽になったんだけど……息、吸えなかったくらいなのに……。マジで慶次さんって天使？　すげぇっス……」

勝利のぼそぼそした声が聞こえてきて、慶次が思う以上にこの空気に圧し潰されていたのが分かった。やはり瑞人は兄弟だけあって、有生の負の空気に慣れているようだ。

「慶ちゃん、僕のプレイリスト流していい？」

勝利の状態をまったく気にも留めない瑞人が、勝手に好きなアーティストの曲を流し始める。アイドルの曲なのか、慶次は聴いたこともない曲を、瑞人が車内に響き渡る声で歌い始める。

「あーマジで、その辺から突き落としたい」

うるさいくらいにシャウトしている瑞人に、有生の不機嫌ゲージがあっという間に満タンになった。せっかく機嫌を直してくれたのに、これでは元の木阿弥だ。暑くて冷房を利かせているので窓を開けることもできない。

『小悪魔陽キャ野郎は、家族旅行に行く当主たまの車でもこれをしていたのでありましょうか。本当に当主たまは人間として悟りの位置にいる方でありますに、その息子は生まれるたびにどんどん人間離れしていくのは何故でせう。あの赤ん坊も将来恐ろしいモンスターになるのでせうか』

膝の上にいた子狸は耳をふさいで、目をぐるぐるさせている。瑞人の歌声がすごすぎて、思考できない。勝利に至っては、イヤホンで耳をふさいでいる。

『俺のイマジナリーフレンド……あいつは皆から嫌われてもがんばっているのに……』

それまで子狸の腹に埋もれていた白い子狼が出てきて、目を潤ませる。

『俺はやっぱり、あいつが好きだぁあああ』

白い子狼はそう言うなり、子狸の腹から飛び出して、歌っている瑞人の肩に貼りついた。

「やーん、ポチ。戻ってきたのぉ？　レッツシング」

瑞人は白い子狼に頬ずりして、両手を振り回しながら歌い続ける。

『カオス……カオスでありますね……』

子狸はイライラ度が頂点に達しそうな有生をちらちら眺め、尻尾の毛を逆立てている。カーブのたびにドアにくっつけられるような乱暴な運転になっていき、慶次も身の危険を感じた。


国道に入り、まだ明るい午前中に瀬戸大橋を渡った。山奥にある本家の周囲には店も民家もあまりないので、こうして下界に下りると騒がしい空気を感じる。途中のサービスエリアで休憩を取りつつ、山陽自動車道に入る頃には瑞人はすっかり歌い疲れて眠っていた。瑞人が静かだと有生の不機嫌も少し収まり、慶次もホッとした。

「今日はどこ行く予定だっけ」

第二神明道路に入ると、有生が確認するように聞いてきた。ナビには今夜泊まるホテルの住所が入っていて、竹生島に行くのは明日の予定だ。

「琵琶湖近くのホテルだろ？　三井寺に行ってみたいなぁ」

慶次はガイドブックをめくりながら答えた。近江神宮や石山寺など、滋賀にも見どころはいっぱいある。比叡山も気になるし、あれこれと目移りしてしまう。

「あ、それと今夜は四人同じ部屋だから、変なことしちゃ駄目だぞ」

後部座席の二人が寝ているのを確認して、慶次はこっそりと耳打ちした。

「はぁ？　別の部屋だっていうからオッケーしたのに、何で？　慶ちゃん、俺とエッチしてるとこ見せつけたいの？　視姦プレイが好きとは知らなかった」

目を吊り上げて有生に嚙みつかれ、慶次は赤くなって「しーっ」と唇に指を当てた。

「そんなわけないだろ。今夜の宿は予約がいっぱいで、四人部屋しか取れなかったんだって。明日から別だから」

瑞人も勝利も慶次と有生が恋人同士なのは知っているが、やはり口に出されると恥ずかしい。慶次は後部座席に聞かれてないか心配しつつ、有生の口をふさいだ。

「はー。旅の楽しみが一つ減った。あとは陰キャいたぶるしかねーじゃん。瑞人はその辺の山に埋めよ」

物騒な発言をする有生にひやひやして、慶次は子狸を抱きしめた。

「有生、お前本当にアップデートできたのか？　悪いほうにアップデートしたんじゃないよな」

有生の発言は相変わらず恐ろしく、あまり良い人間になった気がしない。呆れつつも有生が以前通りでホッとしている自分がいる。

京都に着いた頃には午後二時を回っていた。あまり時間がないのもあって、三井寺にだけ行くことにした。

天台寺門宗の総本山である園城寺、通称三井寺は、紫式部（むらさきしきぶ）と縁の深い寺らしく、歴史好きの観光客が押し寄せていた。弁慶の引きずり鐘や左甚五郎の龍など見どころが多く、特別公開していた百体観音は見応えがあった。

それにしても寺にいる瑞人は浮いている。

「慶ちゃん、もっと近づいてぇ」

写真スポットでは瑞人の自撮り棒付きのスマホが目障りなほどだった。あらゆる場所で瑞人は撮りまくり、何度も角度を変え、慶次を引っ張り込む。最初は瑞人も勝利や有生を写そうとしたようだが、二人に鬼のような顔で断られ諦めたようだ。生贄となったのが慶次で、強引に写真を撮られ、笑顔も引き攣ってきた。

「慶ちゃん、これ載せていい?」

スマホのフォルダーに溜まった写真をクリックしながら、瑞人に聞かれ、慶次は考えるのもめんどくさくなって「いいけど」と答えた。どうせ個人のSNSだし、大して見る人もいないだろうと思ったのだ。三井寺の後は瑞人が行きたいという映えスポットに寄らされ、ホテルに着いたのは夕食の時間ぎりぎりだった。

「きゃー! 眺めいいいっ、サイコー」

琵琶湖の近くにある三十八階建てのホテルは、全室レイクビューということで大きな窓からは琵琶湖が見下ろせた。通された部屋はかなり上の階で、部屋数も多いし、ただで泊まるとはいえ値段が気になった。

「あーよかった。ベッド別の部屋じゃん。俺たち、こっち使うからお前ら、あっちで寝ろよ」

有生はベッドが二台ずつ別の部屋に置かれていることに安堵している。すると勝利が悲壮な顔つきで慶次の背後にすっと立った。

「え、俺、あのリトルモンスターと二人？　明日は部屋が別ってマジっすか……？　嘘だ、俺は聞いていない……。慶次さん、俺を見捨てるのか……。俺の眷属もあいつと同室は嫌だって言ってるんだけど……」

勝利は明日は完全に別室と聞き、恐怖に震えている。瑞人は勝利にとってだいぶ年下のはずだが、この怯えようは何かされたのだろうか。

「やーん、勝りんってば、冷たいのぉ。別に同じ布団で寝るわけじゃないし、あんまり言われると僕、襲ってほしいのかと勘違いしちゃうぞっ。勝りん、フラグ立てるの上手いからぁ」

耳ざとく瑞人が聞きつけて、勝利の腰をつんつん突いている。

「フラグじゃねぇし！」

ばっと飛びのいた勝利が、聞いたことのない大声を出す。慶次もびっくりしたが、瑞人も有生も目を丸くしている。

「あ……すんません、大声出して……。マジでこいつ苦手なんす……。何で俺がこんな目に？　ただどころか金もらっても、こいつと旅行とかしたくなかった……」

勝利がうつむいてぶつぶつ言っている。

「初めてお前と意見が合った」

有生が何故か大きく頷いて、勝利の肩に手を置く。それにすら勝利はびくっとなり、身を縮めて有生を見やる。

「たまには陰キャ男子君もいいこと言うじゃん。明日、こいつ島に置いてこない？」

有生は悪巧みをするように、勝利に耳打ちしている。勝利は今にも失神しそうだ。

「もーっ。有生兄ちゃんも勝りんもひどっ。僕が可愛いからって、取り合わないでっ」

相変わらず空気が読めない瑞人は、一人で身をくねくねさせて喜んでいる。嚙み合わない三人の行動を生温かい目で見守り、慶次は明日が不安になった。


寝る時間まではしゃいでこちらの寝室に居座っていた瑞人たちに疲れ、やっと眠りについたのが深夜三時だった。いつも日付が変わる頃には寝ている慶次は、珍しく朝寝坊をしてしまった。二度目のアラームの音にどうにか起き上がり、重い頭をすっきりさせるべく朝シャワーを浴びる。朝食の時間にはげっそりした勝利と、昨日より肌艶がよくなった瑞人が集まった。有生は朝飯を食べるより寝ていたいというので、三人でホテル内の朝食会場に入る。

「慶次さん……本当に、今夜、俺と瑞人は別の部屋なんですか？」

瑞人がビュッフェで料理を取りに行くのを横目で眺め、勝利が暗い表情で聞いてくる。

「う、うん。そんなに嫌だった？　一応従兄弟だし、相手は高一だろ？　まさか本当に襲われるとか心配してる？　それにしても勝利君のほうが体格いいし、もしもなんて起きなくない？」

小声で答えると、勝利が胡乱な目つきになる。

「そもそも……瑞人って、男が好きなんすか？　ジェンダーフリーってのは分かるけど……」

慶次はうーんと悩んだ。瑞人の性的指向が男なのか女なのか、慶次にもよく分からない。いい機会だから聞いてみようかと、勝利と目くばせした。

「あのさぁ、瑞人って……その、男が好きなの？　女が好きなの？」

取ってきた料理の載った皿をテーブルに並べ、慶次は落ち着いた頃に思い切って尋ねてみた。

「やぁん、僕は人類博愛主義者だよっ。どんな物体も愛せるのぉ。僕のこと、天使と思ってくれていいよーん。僕には禁忌がないから、家族だって需要があればイっちゃうよ」

向かいに座った瑞人にきゃぴきゃぴした口調で言われ、慶次はいつもの適当な発言だと聞き流すことにした。

「じゃあ、好きな人とか今はいないんだ？」

どうせいないと答えると思い、慶次はオレンジジュースを飲みながら聞いた。瑞人に恋人がいないのは分かってる。一番親しい友人はおそらく井伊一保だろう。井伊家の人間だが、小物で、最近は話題にも出てこない。

「今は一番のオキニは慶ちゃんかな」

うふっとウインクされながら言われ、慶次は飲んでいたジュースを噴き出した。

「やーん、慶ちゃん、コントみたーい」

ナプキンを口に当てて咳き込む慶次に、瑞人が笑う。慶次の隣に座っていた勝利が、呆然とした様子で見ている。

「お前、それ絶対有生の前で言うなよ？　マジで殺されるぞ」

冗談だと思うが、瑞人の冗談はシャレにならないことが多い。慶次が真剣な面持ちで何度も言うと、瑞人が目をうるうるさせる。

「僕たちの愛は禁断の愛……だもんねっ。でも僕、昨日の写真、ハッシュタグ僕の好きな人と旅行中って上げちゃったんだけど。まぁ有生兄ちゃんは僕のアカウントあんまり見ないし、大丈夫でしょっ」

笑いながら言われ、慌ててスマホで瑞人のアカウントを探した。本当に自分の写真がいくつもアップされている。しかもイイねやコメントがたくさん入っているではないか。

『ご主人たま、安請け合いは身を滅ぼすの典型的タイプでありますぅ。こういうタイプがリベンジポルノの被害者になるでありますね。うるさいことは申しませんが、フォルダにエロい写真や動画は残さないほうが賢明でありますよ。あと指紋認証くらいはしてほしいですぅ。ご主人たまのスマホ、誕生日で開けられるから有生たまが寝ている隙にＧＰＳ追跡アプリを入れるんでありますよ』

子狸に説教され、慶次も急に不安になってきた。いやらしい写真などは撮ってないが、寝ている有生の写真はいくつか撮ってある。たまに眺めてニヤニヤするのだ。自分はちょっと警戒心が薄かったかもしれないと反省した。

「俺は絶対載せるなよ……？　載せたら訴えるから……炎上させて二度とSNSできないくらい叩きのめすから……。はぁ、これだから顔出しオッケーの奴らは嫌いなんだよ……。ネットリテラシーが欠けてんだよ……イイねのために崖から落ちろ……」

勝利は瑞人を睨みつけて、低い声で呪詛(じゅそ)の言葉を吐いている。ネットで嫌な目にでも遭ったのか、さすがの瑞人も神妙な顔つきになる。

「んもー。僕だって一応ガイドラインは心得てるよっ。有生兄ちゃんの写真は前に駄目だって言われたから載せてないしっ。慶ちゃんのは本人の許可があったからいいよねっ」

サラダを咀嚼しながら瑞人が言う。勝利と瑞人はインターネットにくわしいようだが、慶次はあまりよく分からないので気をつけようと心に留めた。

朝食を終えて部屋に戻ると、有生がやっと目覚めて歯を磨いていた。

「有生、何も食わないで平気なのか？」

まだ眠そうな目をしている有生に声をかけると、平気と返ってくる。ドライヤーの音がしたので、髪の毛をセットしているのだろう。

「わーん、荷物広げすぎたぁー。慶ちゃん、チェックアウト先にしてきてぇ」

瑞人はスーツケースに昨日買った土産を詰め込んで、騒いでいる。勝利はすでに身支度を整えていて、スマホのゲームをしながら待っている状態だ。有生は嫌がったが、四人で旅行をするのは修学旅行みたいでけっこう楽しかった。てんでばらばらな四人だが、気を遣わなくていい。

支度を終えた慶次はロビーに下りてチェックアウトをすませた。ロビーは広々としていて、宴会場へ続くエスカレーターがあり、待ち合わせの長椅子が置かれている。青い絨毯を踏みしめ、慶次は有生たちが下りてくるのを待った。ロビーには小学生くらいの子どもの団体がぞろぞろ現れて、修学旅行かなと慶次は微笑ましく眺めた。長椅子に座って有生たちを待っていると、エレベーターを降りて勝利がやってくる。

「勝利君だけ？」

慶次の前にきた勝利の後ろに誰もいないのを見やり、慶次は首をかしげた。

「あ……。何か上で言い争い始めたから、逃げてきたっていうか……」

勝利は頭を掻き、慶次の隣に腰を下ろす。

「言い争い？」

有生と瑞人が喧嘩をしているということだろうか？　有生が瑞人にきつく当たるのはいつものことなので、そのうち下りてくるだろう。慶次は予約したクルーズ船の時間を確かめた。

「あの……慶次……さん」

スマホをチェックする慶次に、言いづらそうに勝利が声をかけてくる。

「仕事じゃないし、タメ口でいいよ？　俺のほうが年下だろ？」

自分に敬語を使う勝利が気になり、慶次は明るく言った。

「そういうわけにも……。……あの、有生さんの、どこがいい……んですか？」

思いがけないことを聞かれ、慶次は目を丸くして顔を上げた。恋愛的な意味で聞かれているのが分かり、慶次は顔を赤くした。そういえば、キスされた日以来、二人きりなのは初めてだ。

「えーっ、えーっと、恥ずかしいこと聞くなよ。そりゃ有生には悪いとこもたくさんあるけど、いいとこもたくさんあるんだからな」

恋人の好きな点、など聞かれたせいで、慶次は照れて耳まで赤くなった。

「本当に好きなんだ……。信じられない……あの暗黒神と恋愛できるなんて……。一応確認しますけど、弱みを握られているとか、脅されているとかじゃないっす、よね……？」

慶次の照れている様子に、勝利が慄いて上目遣いになる。柊也にもＤＶの被害者だと誤解されたのを思い出した。

『ご主人たまと有生たまはラブラブカップルでありますが、他人からは理解されないのかもしれないでありますねぇ。当て馬たんは、ご主人たまが脅されていると言ったら、どうするつもりなんでありますか？　一応聞いておくでありますぅ』

子狸が脇から出てきて、勝利を指差す。

「え、ど、どうするって……。いや、助けるとか無理ですけど……。暗黒神に殺されるのがオチだし……。え、ちょっ、待って、俺、当て馬？」

勝利はあたふたしている。

『かーっ。やっぱり当て馬の風上にも置けない奴でありますねぇー。そこは奪い取るくらいの気概を見せてほしかったですぅ。軟弱っ、軟弱っ』

子狸は尻尾で勝利の顔をビシバシ叩いている。勝利は満更でもないのか「狸アリかも」とうっとりしている。

ふと子どもたちがざわつく気配がした。子どもたちはエレベーターのほうを見てざわついている。ちょうど有生と瑞人が歩いてくるところで、子どもたちは怖いものを見るような目で二人を見ている。

「えーん、有生兄ちゃん、蹴らないでぇ。骨折したらどうするのぉ」

瑞人は泣き真似をして有生にまとわりついている。有生はかなり不機嫌な様子で、瑞人の足を蹴っている。子どもたちは有生の負のオーラにあてられたみたいで、敏感な子が泣いているのが見えた。いつにも増して有生の不機嫌オーラがすごくて、ロビーにいる人が皆何かを感じているようだ。有生は青いシャツにカーキのズボンを穿いているのだが、ふつうの服装をしていても何だかヤクザっぽい。

「お、おい。有生、子どもがいるから、その物騒な気をしまってくれ」

慶次が慌てて駆け寄ると、有生にじろりと睨まれた。

「慶ちゃん、何で写真の許可なんか出した？　馬鹿なの？　全世界に慶ちゃんの写真がばらまかれたじゃん」

有生が不機嫌だったのは、瑞人のSNSに慶次の写真がアップされたせいらしい。有生がそれほど怒るということは、あまりよくないことだったのか。

「ごめん、俺よく分かってなくて」

慶次が素直に謝ると、有生が「く……っ」と何か言いかけ、ぐっと唇を噛んだ。

「ふー……。そうだよね、慶ちゃんがネットにくわしいわけなかった。俺も油断した。まさかこの馬鹿が、旅行中にアップするなんて思わなかったし」

有生は少しだけ怒りが和らいだのか、遠目でも分かるくらい憤怒の形相だったのが、収まっていく。有生は慶次の肩に腕を回し、「慶ちゃんの写真は削除したから」と呟いて出口へ向かう。ちらりと子どもたちを見ると、有生の怒りが鎮まるのと同時に、空気がゆるんでいく。これまでも有生が店に入ると怯える人間はいたが、こんなに大勢の子どもたちが怖がるのを見たのは初めてだ。

慶次は急いでこの場を離れようと、有生を引っ張って駐車場へ向かった。

竹生島は、琵琶湖に浮かぶ小さな島だ。湖岸から六キロほどの沖合にあり、周囲二キロに及ぶ島に、人は住んでいない。寺や神社、売店に携わる人々は船で通勤しているという。今津港、長浜港、彦根港の三つの港から船で上陸することができる。

慶次たちは車で今津港に向かい、近くの駐車場に車を駐めた。今津町は琵琶湖の水運の拠点としてかつては栄えていた地だ。今は閑散とした様子で、琵琶湖周航の資料館や、船着き場に琵琶湖周航の歌の歌碑があるくらいだ。慶次たちは予約していた十二時の便のクルーズ船に乗り込んだ。二十五分程度で着くらしい。

小型客船には観光客ばかりで、デッキに上がって風を楽しんでいる。慶次は有生と並んで琵琶湖の水面を眺めた。真夏のせいか日射しは強いが、風が心地よく、しゃべっているうちにあっという間に竹生島が見えてくる。

「おーここが！」

着岸して慶次は興奮して上陸した。鳥肌が立って、背筋をまっすぐ伸ばす。空気が違うというか、島全体が聖域なのを感じる。

『うーむ、すごいパワーのある島なのですぅ。おいらの穢れた心が洗われるぅ。さすが三弁才天の祀られた島ですねぇ。弁天様の力が島全体を包み込んでいるようですぅ』

子狸もぽんと出てきて、尻尾についた黒い汚れをごしごし洗っている。

「きゃーっ、とうとうキターッ！　これで僕のアーティストへの道は確約されたに違いなしっ」

瑞人はぴょんぴょん飛び跳ねて喜んでいる。背中に背負ったリュックに羽根がついていて、瑞人がジャンプするたび揺れている。

「はぁ……来ただけでアーティストになれるなら、皆来るだろ……。あーやだやだ、こういう根拠のない自信が鼻につく……。お前の芸術理解できないっての……」

勝利は瑞人のはしゃぎようにうんざりしたのか、毒づきながら距離を取って他人の振りだ。

有生はというと——石段のほうを見上げ、何か考え込んでいるようだった。

「有生、この島すごいな」

有生の横に並んで慶次が話しかけると、苦笑して肩に腕を回される。

「慶ちゃん、あんまり俺から離れないでね」

屈み込んで髪に顔を寄せながら言われ、慶次はどぎまぎして頷いた。小さな島だし、迷子にはならないと思うが……。

「さぁ、いこっ。目指すは弁天様だよっ」

瑞人が率先して歩き出し、慶次はつられるように有生と歩き出した。船着き場から売店を横目に進むと券売所がある。慶次たちは人数分の券を買い、百六十五段ある石段を上り始めた。石段の途中で振り返ると、琵琶湖を一望できる。島に来たのを実感し、石段を踏みしめた。

石段を上りきると、宝厳寺本堂が見えてくる。七百二十四年に行基(ぎょうき)が開いた寺で、西国三十三所観音霊場、第三十番札所、本堂では大弁才天、観音堂では千手観音をご本尊としている。日本三弁才天のうちの一つで、中でも最も古い。

「わぁー。荘厳っ。僕のインスピレーションにびしばしくるっ」

瑞人は本堂に入ると興奮した様子で、あちこち見て回っている。

『ご主人たま、せっかくですので般若心経など唱えるとよりいっそう弁天たまと繋がれると思いますですよぉ』

子狸が肩に乗り、助言をしてくる。旅行の前に、子狸は慶次に般若心経をそらで唱えられるようにしたほうがいいとアドバイスしてきた。有生などは見本がなくても写経ができるのだ。暗記くらいしようと慶次も一念発起し、必死で覚えた。

子狸の助言に従い、般若心経を唱え、お参りできたことに感謝を述べると、すーっと近くに神々しい光が現れた。

『よう、参った。可愛らしい狸を連れておるのぉ』

慶次には眩(まぶ)しくて直視できなかったが、繊細さと麗しさを感じる存在に衝撃を受けた。おそらく弁天様が呼びかけに応えてくれたのだろう。慶次は手を合わせながらぷるぷるして、頬を赤らめた。

『お初にお目にかかりますですぅ。おいらは柳森(やなぎもり)神社に籍を置く狸で、今は隣にいる人間と修行の最中でございますぅ』

子狸が深々と頭を下げて自己紹介している。慌てて慶次も心の中で名前を名乗り、挨拶をした。軽やかに笑う声がして、頭を撫でられた感覚がした。

『呼び出してすまぬの。そなたらには、あれを引き取ってもらいたい。そなたの片割れに頼んでおるので、よろしく頼むぞ』

凛とした声が頭に響き、弁天様の気配がすっと消えた。慶次は目を見開き、思わずきょろきょろ周囲を見回した。あれを引き取るとか、片割れに頼むとか、何のことだろう？

「慶ちゃん、一緒に幸せ願いダルマやらない？」

瑞人は慶次の動揺に気づかず、本堂で売っている赤い小さなダルマを差し出す。小さなダルマの中に願いごとを書いて奉納すると、願いが叶うという代物(しろもの)だ。

「有生っ、今っ、今っ」

慶次は後ろにいた有生の腕を摑み、弁天様の話をしようとした。有生は相変わらずどこか遠くを気にしていて、慶次とは裏腹に落ち着いている。

「あー。分かってる。今、ちょっと探してるから」

有生に話しかけようとすると、軽く手を振られ、話を遮られた。何かと思ったら、有生の眷属である白狐が島内を走り回っているのだと分かった。

『白狐たまの追撃はすごいものがあるのですぅ。すぐに捕まりそうなので、おいらたちは観光してればよいと思われますぅ』

子狸も事情を知っているとばかりに、うんうん頷いている。慶次だけが何のことか分からず、目を点にしている。

本堂を出ると、三重塔やもちの木を眺め、少し階段を下りて観音堂に向かった。重要文化財の舟廊下を渡り、都久夫須麻神社もお参りする。龍神拝所では瑞人と一緒に厄除け土器投げというかわらけ投げをやったが、願いが叶うとされている鳥居までぜんぜん届かなかった。勝利は常に少し離れた場所にいて、傍から見ると完全に他人だ。

「子狸、一体何が行われているんだ？」

お参りしている最中も、有生の様子と弁天様の話が気になって集中できなかった。有生はずっと横にいるのに上の空で、時々舌打ちしたり、あらぬほうに目線を向けたりする。

『えっとー。あ、そろそろでありますね』

子狸がぴょんと飛び上がる。同時に後ろにいた勝利の背中から八咫烏が出てきて、慶次はびくっとした。白い子狼と黒い子狼も姿を現す。

「あー、捕まえた」

有生がにやーっとして、慶次の肩を抱いたまま歩き出す。どこへ行くのだろうと思ったら、都久夫須麻神社の裏手にどんどん入っていく。立ち入り禁止ではないのかと慶次はびくびくしたが、どういうわけかその時に限って近くにまったく人がいない。小さな島で他にも観光客はたくさんいたのに、不思議なこともあるものだ。

「やーん、有生兄ちゃん、何してるのぉ」

ついてきた瑞人がわくわくしたように声を裏返らせる。

「はぁ……こんな捕り物があるなら先に言ってほしかった……どうせ俺には何の断りもいらないんだろうけど……。手助けもいらないみたいだし……」

勝利は愚痴っぽい声で何か言っている。慶次は茂みを分け入って奥まで有生と連れ添って歩き、目を丸くした。

茂みに男が転がっている。意識がないのか、この暑いのに黒ずくめの格好で横たわっている。しかもその身体の上には白狐の部下である狐たちが伸し掛かっていて、狐の組体操を見ているようだ。

「手間かけさせるなよ。暑いんだから」

有生は慶次から離れると、倒れている男の前に屈み込んだ。慶次もおそるおそる覗き込み、顔を見てびっくりした。以前、柊也に暴力を振るっていた柊也の兄の井伊龍樹(たつき)だったのだ。今は目を閉じているが、金髪にシャープな顎で、見間違えるわけがない。

「な、何でこいつがここに……。あっ、もしかして」

慶次は柊也の電話を思い返し、目を吊り上げた。井伊家が災害を故意に起こそうとしていると柊也は教えてくれた。ここにいるのもそれに関係することかもしれない。

「有生、こいつ何をしたんだ？」

慶次が拳を握ってしゃがみ込むと、有生はバッグから結束バンドを取り出して龍樹の両親指をくくりつける。

「これからしようとしたところ。こいつが悪意を持ってここへ来るから、引き取ってほしいって高位の存在から頼まれて」

有生は龍樹を拘束すると、龍樹の身体を探り、ポケットやバッグを漁り始めた。バッグの中には黒い小箱が入っていて、有生が取り出すと黒いもやもやした瘴気が漂った。

「うわっ」

慶次と勝利がその気持ち悪さに身を引くと、有生が「白狐、浄化を頼む」と空を仰ぐ。コーンとひと鳴きして、白狐が黒い小箱に光を降り注いだ。すると黒い小箱から漏れる瘴気がスーッと消え去り、気色悪さがなくなった。

「大方、これをどっかに埋めようとしたんだろ。無事任務完了」

有生はショルダーバッグから黒いビニール袋を取り出し、黒い小箱を中に入れて封をした。黒い小箱は呪物だと慶次にも分かった。こんなものを使って聖域である島を穢そうとしたなんて、許せない。

「こいつ、どうするんだ？　二度と悪さができないようにしないと駄目じゃないか？」

怒りがふつふつ湧いてきて慶次が言うと、有生がうーんと首をひねる。

「つってもねー。痛めつけても井伊家の奴だよ？　更生しなくね？」

有生は特に怒っている様子もなく、のんびりした口調だ。井伊家の人間を廃人にした過去がある男の発言とは思えない。

「でもこのままじゃ、また悪さするかもしれないじゃないか。有生、こいつの性根がよくなるようにできないのか？　ほら、前に井伊直純さんをいいほうに導いただろ？」

慶次が納得いかずにごねると、瑞人が「成敗するのっ？」と目を輝かせて割り込んでくる。井伊直純というのは、以前慶次たちにちょっかいを出してきた井伊家の重要人物だ。有生の白狐が浄化したおかげで少しだけ改心し、井伊家から離れて海外へ逃れた。同じように、この井伊龍樹も改心させられないかと思ったのだ。

「僕に任せてっ。悪人はこらしめるからぁ」

瑞人は浮かれた様子で慶次を押しのけると、やおら龍樹のズボンのベルトに手をかけた。

「え、お、お前……何を……」

嬉々としてベルトを外し、ズボンを脱がし始める瑞人に、慶次は顔を引き攣らせた。瑞人は意識のない龍樹からズボンを奪い取ると、バッグから大きなはさみを取り出し、ジョキジョキと切り出した。

「何で旅行先に裁ちばさみとか持ってる……？　こええ、やっぱいかれモンスターだよ……」

勝利はズボンを切り裂き始める瑞人に怯えている。瑞人のスーツケースはやたら重いと思ったが、こんなものまで持ってきていたなら納得だ。

「うふふ……ここをこうして……」

瑞人は黒いズボンをショートパンツにして、悦に入っている。しかも今度は龍樹が穿いている下着まで脱がしていく。

「い、いや、瑞人！　それはまずいだろ！　こらしめるってそういうことじゃ！」

龍樹の下腹部を剝き出しにした瑞人に、慶次は焦って声を引っくり返らせた。これじゃどちらが悪者か分からない。有生は感心したそぶりで眺めているだけだし、勝利はひたすら怯えている。

「やーん、思ったより小さいのぉ。可愛いー」

瑞人は茂みに横たわり下腹部をさらしている龍樹を、スマホで激写している。止めるべきかどうするべきか悩んでいると、龍樹の顔が歪んだ。

「う、うう……」

苦しそうな様子で龍樹が目を開き、自分を囲んでいる慶次たちに気づいてハッとする。

「お、お前ら、何で……っ、な、なーっ」

龍樹は自分の親指が拘束されていることと、下半身が露出していることに目をひん剝いた。

「い、いや、これは俺たちがやったことじゃないぞ。瑞人の暴走だからな」

眷属を身に宿す弐式家がこんなひどい真似をしたと思われたくなくて、慶次は急いで言った。

龍樹は羞恥に震えて下腹部を隠そうとしたが、親指を拘束されているため叶わず茂みにつんのめる。

「きゃーっ。悪党らしからぬダサさに僕、興奮なのぉ」

瑞人は慌てまくる龍樹にさらに興奮して、スマホで写真を撮りまくっている。龍樹は自分たちの正体にはすぐ気づいたようだが、まさか弐式家の人間がこんな真似をすると思っていなかったのだろう。ひたすら目を白黒させている。

「お、お前ら……っ、こんな真似をして……っ、俺のズボンはどこだよっ！　眷属を宿す奴がこんな真似をしていいのかっ」

じたばたする龍樹に、瑞人はらんらんと眼を輝かせて、手を伸ばす。

「僕、討魔師じゃないもーん」

瑞人は逃げる龍樹に跨って、悪魔みたいに笑う。

「い、いやだから俺たちはこんなことしてないって……これはあくまでこいつの、って瑞人！　こら、それは駄目だろ！」

龍樹の下腹部に手を伸ばして、性器をむんずと摑んだ瑞人に、慶次は青ざめた。

「すごい小悪党っぽい！　ちょっと勃起させてぇ。やっぱりおちんぽ勃ってないと写真としては不出来だからぁ。あーん、ぜんぜん大きくならなぁい、がんばってぇ！　応援してるよっ、ほーらイイ子イイ子」

龍樹の性器を擦りながら、瑞人が写真を撮りまくっている。龍樹は瑞人を振り払おうと大暴れだが、意外に瑞人の力が強いのか抜け出せずにいる。二の句が継げなくなり、慶次は身を引いた。

止めたほうがいいのか、放置すべきか、分からない。

『うう……井伊家より、きゃつのほうが恐ろしい存在かもしれませぬぅ……。さすがの井伊家のぼんぼんも、青姦状態で焦ってますぅ』

龍樹は頭に血が上った様子で拘束された両手で瑞人を殴ろうとするが、瑞人はそれを難なく躱して、龍樹の両足を広げている。大事な男性の部分が丸見えになり、慶次はつい両手で顔を覆った。

「お尻の穴、綺麗なのぉ。縦割れじゃないのぉ。これは処女っぽいねっ、僕コーフン」

暴れる龍樹の両足を抱え、瑞人はキャーキャー騒いでいる。

「あー……共感性羞恥で死ぬる……。俺は絶対このモンスターと関わりたくない……」

勝利はとっくに離れて、茂みの陰から瑞人の暴虐ぶりに恐々としている。

「ゆ、有生。これ、どうしたらいいんだ？」

慶次が途方に暮れて聞くと、スマホを見ていた有生が肩をすくめる。

「さぁ。俺はもう役目終えたから、どーでもいい」

有生は興味を失ったのか、スマホから目を離さない。慶次はこの状況を収拾できなくなり、その場にしゃがみ込んだ。龍樹がこれ以上悪いことをしないようにしたいと思ったものの、瑞人の行動が過激すぎてついていけない。人の下半身を露出させて激写するなんて、悪魔的所業だ。これを男子高校生がしていると思うと、ゾッとする。

『ご主人たま、心配なのは分かりますですが、この島の守りは完璧ですので、心配ご無用ですよぉ。また同じことをしようとしても、弁天様が手配した者に阻まれるようになっておりますし、そもそも井伊家が関わらないような流れに運命が切り替わりましたですぅ』

子狸が腹をぽんと叩いて、力強く請け負う。この島がこの先も安全と知り、慶次は心から安心した。あとはこの龍樹をどうするかだ。

「うーん、あいつらが呪物をここに埋めようとしたように、逆にいいものをあいつに持たせることってできないのかな」

慶次が何げなく呟くと、有生がスマホから顔を上げる。

「慶ちゃん、たまにはいいこと言うね。それ採用」

有生は先ほど買ったお守りを取り出し、白狐を呼び出す。

「これに浄化の力を入れてくれ」

有生の言葉に、白狐が白い尻尾をお守りに被せる。お守りがきらりと光り、何かのパワーが込められたのが分かった。有生は奪った龍樹のバッグの奥に、そのお守りをしまい込む。

「瑞人、そろそろ帰りの船の時間だぞ」

にやーっとしながら有生はバッグを倒れている龍樹の横に置いた。慶次が覗き込むと、乱れた様子で龍樹が茂みに倒れ込んでいる。まるで情事の後と言わんばかりのしどけない姿に、ドキドキした。

「えーん、僕この人でもっと遊びたいのぉ」

瑞人は身をくねらせながら言う。有生は笑みを貼りつけて、瑞人が奪ったズボンを龍樹の前に置いた。

「ごめんねぇ？　俺の弟がお前のズボンを、ショーパンにしちゃったみたい。暑いからちょうどいいよね？　あと何か企んでるっぽいけど、それ全部不発に終わるからやめたほうがいいよ？」

猫撫で声で有生がしゃべりかけ、龍樹はゾッとしたように身をすくめた。急に震えだしたので、有生が何かしているのかもしれない。

「ズボン返しちゃうのぉ？　このまま僕たちがズボン持っていっちゃえば、恥ずかしくて帰れなくなるのにぃ。露出趣味がないのが残念っ」

瑞人はいやいやと身をよじっている。まさかズボンを奪ったまま去るつもりだったのかと慶次は怯えた。観光客がいきなり下半身をさらして現れたら、警察沙汰だ。

「こいつは小物だから、可哀相だろ？」

瑞人を宥める有生も、かなり口が悪い。

「く……っ、こ、この野郎……っ、覚えてろよ……っ、この仕打ちは倍返しするっ」

龍樹が怒りに歯ぎしりすると、よりいっそう瑞人は興奮する。

「やーん、そこはくっころでしょ！　有生兄ちゃん、この人持って帰っちゃ駄目？　僕いろんな遊びを試したいのにぃ。性奴隷コースとドM製造コースをしたいぃ」

常識の通じない悪魔みたいに、瑞人が訳の分からない発言を繰り返している。本当に怖いのはこういう罪の意識がなく恐ろしい真似をする人間かもしれないと慶次も思った。

「だから帰りの船の時間だって。お前だけ置いていくぞ」

有生はもう龍樹に興味を失ったようで、慶次の手を引いてさっさと立ち去る。もう二度とするな、とか、聖域を荒らすな、とか、龍樹には言いたいことはたくさんあったのだが、どの言葉も上滑りしそうで慶次は無言で有生に引っ張られた。

帰りの船に乗り込む客の中に、無論龍樹はいなかった。慶次は急かすように船に乗せられ、出港と共に離れていく竹生島をデッキから見つめた。

「いや……いやいやいや、あのさ、何か止められなかったけど、俺たち、相当ひどいことしてたよな？」

風に吹かれながらようやく思考がまともに動き出し、慶次はスマホの写真を眺めている瑞人から身を離した。有生と勝利、瑞人はデッキの椅子に座り、スマホをチェックしている。よくよく見ると、有生が見ているスマホは自分のではなく見たことのない赤の他人のスマホだ。しかも暗証番号を適当に打ち込んで、中を見ようとしている。

「おい、有生！　それ、あいつのだろっ？　ぬ、盗んだってことになるぞっ」

龍樹の荷物を漁っていた有生は龍樹のスマホを勝手に持ってきてしまっている。

「あー。大丈夫。後で交番に落としものですって返しておくから。あ、開いた。あいつ変な数字でロックかけてんなー。おー。情報出てきた」

有生はデータをどこかにごっそり移している。慶次は身を縮めながら、瑞人を見やった。瑞人はあられもない龍樹の写真をクリックして、興奮している。

「い、いくら悪党でも、やりすぎじゃないか？　ひどすぎて、俺、今頃、罪悪感なんだけど。そりゃあ俺も井伊家に腹は立ってたけど、あそこまですること……」

有生も瑞人も平然としているのが信じられなくて、慶次は胸を痛めた。慶次も井伊家をこらしめたいとは思っていたが、あくまで正当な手段で罰を受けてほしかっただけだ。レイプまがいのことをしてよかったのかと不安になる。

「瑞人は討魔師じゃないし……、慶次さんが背負う必要ないと……」

横から勝利がぼそっと声をかけてくる。

「う、ま、まぁ確かにそうなんだけど……止めなかった時点で同罪っていうか……。いや、悪巧みを止められたのはよかったんだけど！　何かこう、すっきりしないっていうか」

慶次が頭を抱えていると、瑞人がぴょんと椅子から立ち上がった。

「もー慶ちゃんってば可愛いんだからぁ」

瑞人は慶次に抱き着き、いきなり頬にキスをしてくる。ちゅーちゅーと頬を吸われて固まっていると、いつの間にか有生が立ち上がり、瑞人の頭を思い切り叩いた。

「いたぁい！　えーん、有生兄ちゃん、本気で殴りすぎ！　僕の形のいい頭が潰れちゃうでしょっ。やめてぇ」

慶次に抱き着いていた瑞人は有生に二発目を食らい、デッキにへたり込む。

「慶ちゃんに何してんの？　殺されたいの？」

有生が無表情で瑞人を見下ろしていて、慶次はゾッとして自分の腕を抱いた。頬にキス程度だったが、有生が静かに深く怒っている。周囲の空気が一瞬にして張りつめ、デッキにいた他の観光客が「何だか、怖いから下に行かない？」と身震いして船内に入っていく。あっという間にデッキには自分たちだけになってしまった。

「えーん、えーん。そんなに怒らないでよぉ。何で僕にはそんな暴力？　勝りんだって、慶ちゃんにキスしてたじゃないー」

泣き真似をしながら瑞人に言われ、慶次はびくっとして固まった。

「は？」

有生が三発目を食らわそうとしていた手を止める。

「勝りんが慶ちゃんにチューしたって僕聞いたもんっ。しかも唇だよっ。ほっぺたくらいなら許してくれてもいいでしょっ」

瑞人は頬を膨らませて怒っている。慶次は血の気が引いて、視線を泳がせた。

「……どういうこと？　慶ちゃん」

有生の声が一段と低くなり、座っている慶次の前に立ちふさがる。慶次は冷や汗をどっと掻き、助けを求めようと周囲に目を配った。

「おい」

さりげなくこの場から逃げようとした勝利が、有生の声で引き留められる。

「慶ちゃんにキスしたってこと？　十秒以内に簡潔に述べろ」

背中を向けている勝利に、有生が死へのカウントダウンを始める。どうにかごまかせないかと、慶次は必死に頭を巡らせた。鳥肌が立つほど周囲の気が濃密になっていく。これはマジでやばいかもしれないと慶次は絶望した。

「勝りんってば、慶ちゃんのこと好きになっちゃったんだよねっ。慶ちゃん、優しいしっ。僕も慶ちゃん好き好きー。あ、目撃者の談話聞く？」

この異様な空気をまったく気にしない瑞人が、きゃっきゃっと笑っている。目撃者とは誰だと息を呑むと、瑞人の頭からずぽっと白い子狼が出てきた。一時気力を失っていたくせに、瑞人とくっついていたせいか、すっかり明るい顔つきに戻っている。

『俺は見たのだぁ！　狸の親分にあの陰キャ男子がチューしたのをっ。ラブアンドピースッ。愛は世界を救うのだぁ！』

白い子狼が意気揚々とまくし立てる。そういえばこいつは子狸の腹にずっといたのだと、今さらながら思い出した。しっかり行為を目撃されている。

『愛で何でも救えるとか、どれだけお花畑なんだか……。はーやだやだ……。人のキスシーン覗いてたとか低俗すぎ……』

黒い子狼がげんなりした様子で言う。子狼たちの会話で、勝利も逃げられないと悟ったのだろう。いきなり有生の前で土下座をした。

「す、すみませんっ！　事故なんですっ！　角を曲がったら顔がぶつかったとか、そういう類の事故で」

デッキの床に額をこすりつけながら勝利が叫び、次の瞬間には「へぶしっ」と聞いたことのない声を上げてその場に倒れた。

「ひ……」

慶次は身をすくめて言葉を呑み込んだ。勝利は気絶したみたいで、床に倒れ込んでいる。有生はその腕を摑み、船の先端に引きずっていく。

「まままま、待て、待て！　ななな、何をしようとしているんだっ！」

慶次は焦って有生にしがみついた。有生が気絶した勝利を琵琶湖に放り捨てようとしているのに気づいたからだ。そもそも何故急に気絶したのかも分からない。有生が何かしたようだが、慶次の目には見えなかったし、一瞬のことで分からなかった。

「暑いだろうから、琵琶湖の水でも飲ませようかと思って」

無表情で有生が言い、慶次はゾーッとして真っ青になった。

「やめてくれ！　お前、ホントに殺人犯になるぞっ。琵琶湖で亡くなった人もいるって、船着き場に歌碑もあっただろっ」

本気で有生が勝利を船から落としそうで、慶次は必死になって有生を止めた。デッキに人はいないが、上で揉めているのは船内の客も気づくだろうし、湖に人を落としたら大ごとだ。琵琶湖は沖合のほうに出ると危険だと聞いたことがある。

『ううう。有生たまの嫉妬はスーパーホラーですぅ。有生たま、どうか落ち着いて下さいぃ』

子狸も出てきて、有生の前で右往左往する。同時に勝利の眷属である八咫烏も出てきて、船の手すりに飛び乗った。有生が勝利を湖に投げ落とすのを阻止するためだろう。

「は？　どけよ。俺と慶ちゃんの仲を知っててやったなら、俺に喧嘩売ってるってことでしょ。俺、舐められるの一番嫌いなんだけど」

有生は八咫烏と向かい合って、冷ややかな声を出している。

『彼は人として未熟な面があり、今は修行の最中だ。罰を下すなら別の方法で。彼は泳げない』

八咫烏が厳かな声で有生に言う。

「痛いことしないと学べない奴はいるの。こいつとかそう。うだうだ部屋に引きこもって現実逃避ばっかしてるんだから、一度死ぬような目に遭わせたほうがいいでしょ。最近の眷属はお優しいなぁー。こういう弁舌ばっかしてるのは、スパルタに教育したほうがいいって」

有生はゾッとするような笑顔で八咫烏としゃべっている。勝利が泳げないなら、湖に落とされた時点で溺れるだろう。

「有生！　こいつ落とすなら、俺が助けに行くぞっ！」

思わず慶次は声を張り上げた。今にも勝利を湖に落としそうになっていた有生の動きが、ぴたりと止まる。

「俺は泳ぎは得意だからなっ、でも正直溺れる人を助けたことなんてないから、俺も溺れるかも……。頼むから、やめてくれ！」

必死の形相で慶次が泣きつくと、有生がいまいましそうにこちらを睨みつけてきた。八咫烏がふーっとため息を吐き、すっと姿を消した。

「有生……、ごめん。お願い」

慶次は有生のシャツの裾を摑んで、涙目で請うた。有生は舌打ちして、勝利をデッキに放り投げた。ひとまず危機は去ったらしい。勝利は相変わらず気絶した状態で、瑞人が覗き込んでいる。

「……慶ちゃん、何で俺に言わなかった？　俺への不貞だよね？」

凍えるような冷たい声で詰問され、慶次はドキドキして身体を離した。

「ごめん。知られたら勝利君を殺すんじゃないかと思って……」

正直に言って頭を下げると、有生が腕組みをして見下ろしてくる。

「殺すに決まってるでしょ。俺、言ったよね？　しゃべるのも駄目だって。キスまでされるとか、どんだけ油断してんの？　慶ちゃん、顔だけはいいんだから、もっと警戒すべきでしょ。あーもう慶ちゃんの唇穢された。俺、もう一生慶ちゃんとキスしない」

刺々しい言い方で有生が吐き捨て、慶次は涙目で有生のシャツを摑む。

「えええっ、そんな……っ。だって、まさか俺だってキスされると思ってなかったんだよ！　俺を好きになる男なんて、お前くらいだろっ」

一生キスしないというのがショックすぎて、慶次は顔を赤くして唇を噛んだ。

「しなーい。あーマジ萎える。激萎え。やっぱ湖に落とせばよかった」

有生は腹立たしげに勝利を蹴っている。そこで意識が戻ったのか、勝利が起き上がり、真っ白になった顔できょろきょろした。

「俺、今、三途の川を渡った……」

亡霊でも見たような顔で勝利が呟き、有生に気づいて「ひいいっ！」と悲鳴を上げる。

『うーむ。おいらの思い描いていた嫉妬エピとはちょっと違う感じですぅ。先ほどのサスペンス調との温度差に火傷しそうでありますね。有生たま、一生キスしないなんて、違うだろっ！　そこはお清めセックスだろっ！　って、ふー。おいらにこんな突っ込みをさせるなんて、恐ろしい子……っ！』

剣呑（けんのん）とした空気の中、船は今津港に着いた。客がぞろぞろと船から降りていく。慶次たちもとりあえず船を降りることにした。勝利はまだふらふらしていて、瑞人に手を引かれて歩いている。

「お前らは、こっから好きにしろ」

駐車場に戻ると、有生がトランクから勝利と瑞人の旅行バッグとスーツケースを取り出し地面に放り投げる。

「えーっ!!　この後石山寺に行くつもりなのにっ！」

瑞人が抗議の声を上げたが、有生は荷物をすべて外に出し、慶次だけを助手席に座らせた。

「知らね。しばらく二人ともその面、見せんな。見せたら殺す」

勝利と瑞人をじろりと睨み、有生が運転席に乗り込む。勝利は生まれたての小鹿のように足を震わせている。

有生は無言で車を出発させた。駐車場に取り残された二人が気になりつつも、慶次は何も言えなかった。

■4　お清めセックスとは

有生（ゆうせい）は車中、ずっと無言だった。慶次（けいじ）は何度か話しかけたのだが、拒否するように何も答えなかった。本当に一生キスしないのだろうかと不安になり、慶次はバッグを抱えて落ち込んだ。自分が望んでキスしたわけではないのに、こんな目に遭うとは思わなかった。有生の言う通り、警戒心が足りなかったかもしれない。そもそも自分は男に性的に好かれるタイプじゃないし、有生以外の男にキスされるという可能性についてみじんも考えていなかった。

どこへ行くのかと思ったが、有生はまっすぐホテルに向かっていた。

今夜の宿は、京都駅前にある高級ホテルだ。シンプルで洗練されたデザインの和モダンなホテルで、二部屋予約してあった。

部屋に案内してくれる黒服のホテルマンは、チェックインした時から異様に緊張していた。ベテランっぽい中年男性だったのだが、有生の放つ気にただものではないと直感したのだろう。完璧なエスコートで部屋へ通し、貼りつけたような笑顔で「ごゆっくりおくつろぎ下さい」と一礼する。

ベッドルームと和室が繋がった広い部屋に、障子越しに開放感のあるテラスが続いている。カーテンの開閉や照明などタブレットで制御する仕組みになっていて、慶次はこんな時でなければ楽しめたのにと胸を痛めた。

有生は荷物を部屋の隅に放ると、二台あるベッドのうち、片方に座った。

「それで？　慶ちゃん、不貞の罪をどうやって償ってくれるの？」

感情のこもってない笑みを浮かべ、有生に言われ、慶次はどきりとした。

「え、で、でも俺の罪って……不可抗力じゃないか？　俺だって別に不貞を働く気はなかったのに……。被害者と言ってもいいのでは？」

有生が恐ろしくなり、慶次は口ごもって言い返した。

「不貞を働いといてそんなこと言うんだぁ。俺、すげー傷ついたのに。恋人の心を傷つけておいて、被害者とか、何言ってんの？　慶ちゃん、今、慶ちゃんができるのは、泣いて俺にすがることだけなの。とりあえず、全部脱いで」

顎をしゃくって言われ、慶次は動揺して縮こまった。

「こ、こんな明るいのに？」

たくさん汗を掻いたのに、風呂にも入っていない。そんな状態で全裸になれと言われて、不安しかない。何時間、ヤるつもりなのだろうか。

「脱げよ」

足を組んで有生が命じる。慶次はびくっと震え、仕方なくシャツに手をかけた。有生がじっと見つめる前で、視線をさまよわせながら上半身裸になる。ズボンのベルトに手をかけ、窺うように有生を見ると、相変わらず冷たい視線しか寄こさない。

「うう……」

慶次はおろおろしつつ、ズボンも脱いで床に畳んでおいた。下着一枚になり、心もとなくなりながらも有生の視線を浴びて裸になる。

「こ、これで許してくれる……？」

全裸になって下腹部を隠しながら有生を窺うと、これ見よがしにため息を吐かれる。

「あのね、裸になったくらいで許されるわけねーだろ。慶ちゃんの裸は死ぬほど見てる」

呆れたような声で言い、有生がベッドから立ち上がる。どうするのだろうと思ってドキドキしていると、バッグから有生が結束バンドを取り出した。

「え、な、何する……？」

怖くなって後退すると、有生が慶次の腕を摑む。

「今日は慶ちゃんの嫌いなことする」

有無を言わさぬやり方で、有生が慶次の両手を後ろ手にして摑み、引き寄せる。親指と親指を結束バンドで縛りつけられ、慶次は腕の自由が利かなくなった。

「有生……これやだ……」

有生とは何度も身体を繋げたが、無理やり何かをされたことはない。腕を縛られているだけで不安感が増し、慶次は心細い声を出した。

「慶ちゃんが嫌なことするって言っただろ。ちょっと外出してくる。その格好で待ってて」

有生はバッグから車のキーを取り出すと、裸で縛られた状態の慶次を置いて、部屋を出て行ってしまった。

「えええ……嘘だろ。ホテルの人が来たらどうするんだよ……」

裸の状態で残されて慶次はうろうろして呟く。真夏とはいえクーラーの利いている部屋に全裸でいると少し寒い。

(これ絶対、エッチの流れだよな……。あー、絶対ばれると思ったけど、旅行先でばれたくなかった……。素直に申告してたほうがよかったか？　いや、どっちみち激怒するよな)

有生がどこへ出かけたのかも分からないが、このままじっと待っているわけにはいかなくて、慶次は後ろに縛られていた腕を頭の上に持ってきて、腕をねじって前にした。これで少し自由が利く。身体の柔らかい慶次ならではの技だ。

慶次はそのまま風呂場に行き、シャワーの湯を浴びた。汗臭い身体で抱き合うのが嫌だったので、せめて汚れを落としたかった。両手の自由が利かないので上手く洗えず、全身びしょ濡れの状態になる。

「うう……っ」

置いてあるタオルで頭を拭こうとするが、なかなか難しい。悪戦苦闘していると、ドアが開く音がした。有生が帰ってきたようだ。

「……何してんの？」

浴室のドアを開け、有生が顔を引き攣らせる。床にぼたぼたと水滴を落としている慶次に、困惑しているようだ。

「お前が縛ったまま出て行っちゃったから、上手く洗えなかったんじゃないか」

服は着ていないし、命令は守ったはずと、慶次は強気で言った。無言で有生がタオルを奪い、慶次の髪を乱暴に拭く。

「フッー、じっと待ってるもんじゃないの？　俺、怒ってんだけど？」

濡れた身体を拭かれ、寝室に連れて行かれる。有生の声は先ほどより落ち着いていて、このまま許してくれそうだと慶次は期待した。だが、ベッドまで来た時、シーツの上に買い物袋が転がっていて固まった。

「慶ちゃん。許してあげる代わりに、どれかやらせて」

有生は買ってきたらしい品物をベッドに広げる。パッケージに怪しげな写真が載っていて、慶次は顔を引き攣らせた。これはアダルトグッズではないか。有生が箱から次々と中身を取り出す。どこへ行っていたのかと思ったら、こんなものを買いに行っていたらしい。男性器を模したものや、変な形状の道具、コードがついた電気器具が次々と出てくる。

「こ、これは悪しき呪具！」

慶次が部屋の隅まで逃げると、有生がベッドの上であぐらを掻く。

「大人のおもちゃは悪しき呪具じゃねーって。俺は優しいから選ばせてあげる。どれがいい？　これは俺のより小さいし、物足りないかもね」

男性器を模したものを手に取り、有生が言う。

「や、やだよっ！　俺は絶対そういうのはやらないって言っただろ！」

慶次は嫌悪感でいっぱいになり、大声で拒絶した。

「は？　何生意気言ってんの？　慶ちゃんはね、今、俺に許しを乞うてるの。嫌だとかやらないとか、慶ちゃんにそんなこと言う権利はありませーん。しかも俺、選ばせてあげるとか、どんだけ優しいの？　ここは感激して涙を流すとこだよ？　あー、どうしても嫌っていうなら、慶ちゃんが泣こうがわめこうが、全部使うけど」

最後のほうは冷たい視線で脅され、慶次は身震いした。絶対嫌だし、気持ち悪いし、やりたくないが、有生の怒りを鎮めるためには仕方ないかもしれない……。慶次はそう思う一方で、道具を使う自分を想像して気持ち悪くなった。

「俺……、有生以外のを入れるの嫌だ……」

跪いて、潤んだ目で見ると、「うっ」と呻いて、有生が胸の辺りを押さえた。

「はー。こえー……。慶ちゃん、それ、素でやってんの？　あざとすぎね？　俺にめちゃくちゃ効いてるんだけど」

赤くなった頬を手で隠し、有生が睨みつけてくる。

「うう、だって怖いんだよぉ……」

慶次が祈りのポーズで目をうるうるさせると、有生が「くぅ……っ」と身を折る。

「……駄目。今日は絶対、許さない。浮気した慶ちゃんが悪いんでしょ。俺も鬼じゃねーし、一個で許してやるって言ってんじゃん。何で俺が鬼畜っぽい立場になってんだよ」

有生はぶつぶつ言いながら、一つの箱を取り出して中身を開けた。小さな球状のものにコードがついている。

「じゃ、これならどう？　小さいし、ピンクで可愛いでしょ」

有生に差し出され、慶次は情けない顔でベッドに近づいた。心底嫌だが、有生の言い分ももっともで、ここは我慢するしかないと思った。

「それ……何？　何か出てくるの？」

慶次がおっかなびっくり眺めると、有生がリモコンを取り出し、操作する。球状のものが振動を始めて、マッサージ器の類だろうかと考えた。

「ローター。これならマッサージ器と変わりないからいいでしょ。あんまグダグダ言うと、マジでこっちぶち込むよ？」

男性器を模したものを握りしめて有生に言われ、慶次は「ぴゃっ」と飛び上がった。それだけは勘弁してほしい。マッサージ器なら我慢できると慶次はしぶしぶ頷いた。

「じゃ、こっち来て」

慶次の腕を引っ張り、有生にベッドに引きずり込まれる。腕の自由は利かないし、まだ髪も濡れている状態だ。慶次が手持ち無沙汰でベッドに座り込むと、有生が覆い被さってきた。

「これは、こーやって使う」

有生が振動するローターを慶次の乳首に寄せる。ぶるぶるした揺れが乳首に当たって、慶次はびくっと身じろいだ。

「気持ちいいでしょ?」

振動する道具で乳首を刺激され、慶次は息を詰めた。振動が弱めのせいか、確かに乳首が気持ちよくなって尖ってくる。

「う……」

慶次はシーツに背中を預け、じっと責め苦に耐えた。こんなものを使いたがる有生の気持ちは分からないが、少し我慢すれば満足するだろう。

「わ、ぁ……っ」

我慢と思っていた慶次は、もう片方の乳首を有生に吸われ、びっくりして声を上げた。道具で責めて、有生は見ているだけだと思ったのだ。

「何で驚いてんの? これは気持ちよくなるための道具だから、俺も参加するよ」

乳首を舌先で嬲られ、慶次は詰めていた息を吐き出した。片方の乳首を有生に舐められ、もう片方の乳首をローターで刺激され、気づいたら性器が勃起していた。

「うう……っ、これ、やだ……っ」

最初は耐えられると思ったが、ローターの振動は機械であるが故に慶次を容赦なく感じさせる。両方の乳首が尖り、甘い息が漏れるのを止められなかった。

「気持ちいいんでしょ。乳首コリコリになってるもんね。腰も動いているし」

吸っていた乳首を離し、有生がローターを移動させる。有生が吸っていたほうの乳首にローターを当てられ、思わず甲高い声が漏れた。痺れるような甘さが腰の辺りに溜まっていく。息遣いが乱れ、足をもじもじさせてしまう。

「可愛い。乳首、ぴんとなってる」

両方の乳首にローターを当て、有生が興奮した声で囁く。はぁはぁと慶次が息を乱し始めると、有生はローターを下にずらした。

「う、わあ……っ」

勃起した性器にローターが当てられ、慶次は腰を跳ね上げた。有生は観察するようにローターを性器の先端や竿の部分に押し当てる。先端にローターを押しつけられ、慶次は気づいたら射精してしまっていた。

「ひっ、はっ、はっ、は……っ」

あっという間に絶頂してしまい、慶次は激しく呼吸を繰り返しながら呆気にとられた。性器から白濁した液体がこぼれている。気持ちいいと感じる間もなく、達してしまった。

「すげー、秒でイったじゃん。気持ちいいんだ？　こういうのに耐性ないんだねー」

舌なめずりして有生がローターで股間の辺りを探る。慶次は肩を揺らして息を吐き出し、もうやめてもらおうとした。だが、有生は何を思ったのか、慶次の足を広げてローターを強引に尻の穴に押し込む。

「ひああ……っ！　や、何っ！　やだ、やだ」

尻の奥で振動が起こり、慶次はびっくりしてひっくり返った声を上げた。小さい球状のものなので痛みはないが、異物感に腰が跳ね上がる。

「気持ちいいはずだよ。前立腺に当ててる」

有生はローターをさらに押し込んで、唇の端を吊り上げた。小刻みな振動が尻の奥の感じる場所を刺激する。カーッと腰に熱が溜まり、慶次は強すぎる刺激に涙目になった。

「やだぁ……っ、有生……っ、助けて……っ」

じっとしていられなくて、慶次は腰を浮かせて身悶えた。ローターは絶えず振動を送り続け、慶次は萎えたはずの性器が反り返るのを厭うた。どんどん身体が熱くなって、吐く息が荒くなる。

「道具で感じてる慶ちゃん、可愛い」

有生はベッドから離れ、どこかへ消える。慶次が腰をびくつかせていると、冷蔵庫から取り出したペットボトルの水を飲みながら戻ってきた。

「有生……っ、これ抜いて……っ、つらい」

気持ちいいと思う一方で、絶頂に達するほどの刺激ではなく、慶次は身をくねらせた。ずっと甘い電流を全身に流されているようだ。太ももが震え、身体が敏感になっていく。有生はわざと焦らすようにゆっくり服を脱ぎ、裸になってベッドに乗り上げてきた。

「おかしいな、耳出てない」

慶次をまじまじと見つめ、有生が首をかしげる。眷属を身に宿していると、行為の最中に理性を失い、獣耳が出てくるのだが、今の慶次にはそれが出ていないようだ。慶次ははぁはぁと息を荒らげ、シーツを足で掻いた。もっと強い刺激が欲しい。硬くて奥まで届くものが。

「刺激足りない？　強くする？」

有生がリモコンを弄って言う。とたんに強い刺激が奥に起こって、慶次はびくんと震えた。前立腺を激しく刺激され、喘ぎ声が切羽詰まってくる。

「やぁ……っ、や……っ、ああ……っ」

有生は水を飲みながら、喘ぎ続ける慶次を見ているだけだ。それがつらくて、慶次は目尻から涙を落とした。

「有生……っ、ホントにもう一生キスしないの……？」

傍観者みたいに自分の痴態を見ている有生に、慶次は涙目で囁いた。

「う……っ」

有生がまた身を折って、髪を掻き乱す。

「しおらしい慶ちゃん、俺の性癖に刺さるんだよな……。はー。あのね、俺の受けた心の傷はこんなもんじゃないんだよ？　悪いのは慶ちゃんでしょ。あー怖い。俺を落とすの簡単とか思ってんじゃねーだろーな？」

ペットボトルをサイドボードに置き、有生が覆い被さってくる。

「キスしてほしい？」

前髪を掻き上げながら見下ろされ、慶次はこくこくと頷いた。

「したいよぉ……。俺がしたいの、有生とだけだし……」

情けない声で返すと、有生が見たことのないようなうっとりするような笑みを浮かべた。ゆっくり有生の顔が降りてきて、唇に唇が重なる。チュッと音を立てて触れ、吐息を被せる。慶次はたまらなくなって、有生の唇に吸いついた。すぐに有生が深く唇を重ねてきて、開いた口から舌が潜り込んでくる。

「ん……、うう……、ん……っ」

舌を絡ませ合い、唇を吸ったり吸われたりした。柔らかくついばまれ、舌で口内を探られると心地よくてとろんとした顔になった。有生の手で頰を撫でられ、髪を撫でられ、キスが深くなっていく。キスしている間に、身体の奥の刺激が強くなり、慶次はびくびくっと足を突っぱねた。

「ひ……っ、は……っ。はぁ……っ、はぁ……っ」

深い絶頂にさらされ、慶次は全身を跳ね上げた。有生のキスが気持ちよくて、身体の奥深くに気持ちよさが広がって、絶頂に達した。ふわふわした感じで、目がとろんとなる。

「耳出てきた……。慶ちゃんは俺に愛されないと、理性飛ばないの？」

甘い声で有生が囁き、耳朶を食む。耳の中に舌を差し込まれ、ふっくらした耳朶をしゃぶられる。いやらしい音が耳に直接響き、慶次は息を喘がせた。

「中イキしたの？　今、射精してないよね」

有生の手が慶次の性器を握り、優しく撫でる。慶次はまだ忘我の状態で、触れられるたびに腰をひくつかせた。

「ローターのおかげか、中、柔らかくなってる……」

慶次の身体を引き寄せ、有生は尻の穴に指を差し込む。慶次は「もう抜いて……っ」と息を喘がせて訴えた。ローターのせいで、絶頂に至ってもずっと刺激が続いて苦しい。

「駄目。今日はこれと仲良くなろ」

いたずらっぽい声で言い、有生が慶次の痴態に興奮した雄々しい性器を見せつける。有生の性器は反り返っていて、慶次の中に入りたがっている。ローションで性器を濡らすと、有生は慶次の足を持ち上げた。

「ま……っ、待って！」

勃起した性器を入れようとしてきた有生に、慶次は焦って声を上げた。待ってと言ったのに、有生は否応なく性器を尻の穴に入れてくる。まだローターが入っているのに、無理やり性器まで入れられ、慶次は背中を仰け反らせた。

「ひ……っ、はぁ……っ、ひぃ……っ」

慶次は有生の性器とローターの振動に胸を喘がせた。有生は慶次の両足を胸に押しつけ、ふーっと大きく息を吐き出す。

「ローターの振動気持ちぃー……。慶ちゃんも、いいでしょ？　これで突いたらどうなる？」

有生が唇を舐めながら腰をゆるく突く。とたんにすごい刺激に襲われて、慶次は背中を反らした。有生は慶次を弄ぶように、腰を突いてくる。身体の奥に機械が入っているのが怖くてたまらないのに、身体はコントロールを失ったみたいに感度が上がっている。深い奥に振動を感じ、硬い性器で突き上げられ、慶次はあられもない声を上げた。

「やー……っ、やだ、やぁ……っ、ああ……っ、ひあああ……っ」

慶次は生理的な涙を流しながら、身をよじった。有生は密着させた、腰を揺さぶってくる。

「すげー感じてるじゃん……っ、は……っ、は……っ。あーローターのせいで、すぐ出そう」

慶次の足に頬をすり寄せ、有生が腰を激しく突き上げてくる。かなり深い場所までローターが入ってきて、慶次は悲鳴じみた嬌声を上げた。

「はは……、これ、そのうちローターが結腸に入っちゃいそうだなぁ……。あー、慶ちゃん、逃げない、逃げない」

あまりの快楽に慶次が腰をずり上げようとすると、有生が強引に引き戻していく。有生の性器は内部で大きく膨れ上がり、奥へ奥へと突き上げてくる。

「やだぁ……っ、やー……っ、ひあああ……っ!!」

全身の熱が溜まり、慶次は部屋中に響き渡る声で絶頂に至った。脳が痺れるくらい気持ちよく、それでいて怖くてたまらない。性器から精液は出ないのに、全身に力が入らないくらい深い絶頂を覚えている。

「ひっ、はっ、はぁ……っ、あああ……っ」

達しているにもかかわらず、有生はさらに奥へと性器を突き上げてくる。ぐぽっという卑猥な音がして、信じられない深い場所までローターが入ってきたのが分かった。

「やー……っ、やー……っ、抜いて、抜いて」

慶次は泣きながら身をよじり、獣じみた息を吐き出した。有生を銜え込んでいる内部が激しく収縮し、性器を締めつけている。

「うっわ、すげー中、痙攣してる……っ、あっ、やば」

有生の声が上ずったと思う間もなく、内部に精液が注ぎ込まれる。中が熱くなり、銜え込んだ性器を締めつける。有生の呼吸が乱れ、急に抱きしめられた。

「うっく……っ、はぁ……っ、はぁ……っ」

忙しなく呼吸を繰り返し、有生が慶次の首元に吸いつく。慶次は奥深くに入っているローター
に前後不覚になり、絶え間なく腰を跳ね上げた。
「ひっ、ひぃ……っ、や……っ、あー……っ、あー……っ」
さっきイッたばかりなのに、連続的に絶頂の波が来て、慶次はろれつが回らず喘ぎ続けた。有
生は慶次の唇を吸い、乳首を摘むと、荒々しく腰を抱く。
「すげー……慶ちゃん、潮吹いた。あーもう、飛んじゃってるじゃん」
ひたすら嬌声を上げ続ける慶次に、有生が汗ばんだ身体でまた腰を揺らし始める。有生が何を
言っているのか分からなくなり、慶次は力の入らない下半身に怯えた。
「今日はとことんヤろうね」
有生の悪魔のような声が最後に耳に残り、慶次の記憶はそこで途切れた。

行為の途中で意識がなくなったせいか、気づいたら夜になっていた。
ベッドに横たわっていた慶次は、ぼーっと天井を見上げた。いつの間にか、拘束は解かれてい
る。重怠い身体を動かすと、隣にいた有生が「ああ、今送った」と話している。手元にスマホが
あって、誰かと電話していたようだ。その声で起きたのだろう。

「うう……あが……」

何かしゃべろうとして声が嗄（か）れているのに気づき、咽を押さえた。電話中の有生が気づき、水が半分くらい入ったペットボトルを渡してくる。上半身を起こして、残りの水を全部飲み干した。

「じゃあね、よろしく」

有生は電話を切って、スマホをベッドの隅に放り投げる。慶次はまだ頭がぼうっとしていて、ごろりとシーツに倒れ込んだ。下半身に力が入らない。すごく汚れている気がするし、汗を掻きすぎてもっと水が欲しかった。

「慶ちゃん、大丈夫？　ちょっといじめすぎたかな。はい」

新しいペットボトルの水を、有生が冷蔵庫から取ってきてくれた。無言で蓋を開け、冷たい水を咽に流し込む。視界の端にピンクのローターが映り、むせ込んでしまった。

「そ、それを捨てろ！　もう絶対やらないからっ」

行為の最中、ありえないほど深くまで器具を入れられたことを思い返し、慶次は血相を変えて怒鳴った。

「あんな感じてたのに？　すげー感度よかったじゃん。気持ちよかったんでしょ？」

慶次の横に滑り込んできた有生は、まだ裸のままだ。慶次はペットボトルを一本空にして、一息ついた。

「俺はふつうがいいんだ。あんなの使うなんて、手抜きじゃないのか！」

慶次が目を吊り上げて抗議すると、有生が目を点にする。

「手抜き……」

何かがツボったのか、有生が腹を抱えて笑いだす。その笑いが気に障って、慶次は頬を膨らませた。

「アダルトグッズ使って手抜きって言われるとは思わなかった。慶ちゃんの感性、変わってる。まーこれはいいよ。そのうち徐々に馴らしてこ」

ピンクローターをゴミ箱に捨てて、有生が言う。慶次はハッとして急いでそれを拾った。

「こ、こんな高級ホテルにこんなものを捨てていく奴があるか！　お前には恥じらいというものがないのかよっ」

捨てろと言ったのは慶次だが、ラブホテルでもない場所に捨てていくのは申し訳なさすぎる。有生が買ったアダルトグッズを掻き集め、ビニール袋にすべて詰め込んでいった。これは自宅に持ち帰ってゴミの日に出すしかない。

「はぁ……、俺シャワー浴びてくる」

自分の身体が汚れているのが気になり、慶次はスマホを見ている有生に断ってよろよろと浴室に向かった。歩くのもしんどいほど、犯された。洗面室には鏡が二つあって、通りすがりにちらりと見ると、身体中にうっ血した痕が残っていた。有生と何時間抱き合っていたか知らないが、痕を残されすぎだと思う。

頭からシャワーの湯を浴び、慶次は全身を洗った。情事の匂いが身体中にこびりついていて、顔が熱くなる。綺麗になった身体に、バスローブを羽織った。

寝室に戻ると、有生が慶次の買ってきたスナック菓子を食べている。そういえば夕食も食べていないと気づき、時計を確認した。深夜一時だ。

「ルームサービスとる？」

有生に聞かれたが、こんな夜中にホテルの人を働かせるのが嫌で、持ってきた菓子を慶次も摘んだ。

「それで？　ヤりまくって落ち着いたから、くわしく話して。あの陰キャ男子と、いつどこで、どれくらいの時間キスしたの？　嘘ついたらあの男殺すよ？」

スナック菓子を咀嚼（そしゃく）しながら、有生に尋問される。ベッドの上で菓子を食べるなんて行儀が悪いが、テーブルのほうにわざわざ行く気になれない。慶次は汚さないようにタオルを敷いて、せんべいの袋を開けた。

「えっとー。本家で勝利（かつとし）君の悩み相談みたいになってた時に、いきなりされたんだよ。でもホント、一瞬だけだから！　勝利君もびっくりしてたし、わざとじゃないんだ。隠してたのはごめんだけど、知ったら絶対お前、勝利君殺すだろ？　実際、船の上でやばかったぞ。俺はお前が殺人犯になるのを恐れて黙ってただけだからな。あと、勝利君とキスしても、ドキドキしなかったし。瑞人（みずと）に至っては考えただけでドン引きっていうか」

正直に慶次が告白すると、有生が「ふーん」とそっけない声を出す。信じていないのかと不安になったが、そういうわけでもないようだ。

「子狸も証言してくれるぞっ。な、なぁ、子狸。あれに関しては俺、悪くないよな？」

自分の証言だけでは足りないと思い、慶次は子狸の姿を探した。するとひょいと子狸が姿を現し、ベッドにちょこんと座ってくる。

『ベッドの上でスナック菓子を食べるなんて、修学旅行っぽいですなぁ。まぁおいらは修学旅行に行ったことはありませぬが。ご主人たま、有生たまはまるっとお見通しでありますから、ご心配なきよう。おいらとしては初めて当て馬っぽい奴が現れて、恋の争奪戦が始まるかと思っていたのでがっかりですぅ。もっと骨のある当て馬希望ですぅ』

子狸はだらっとした格好になって、スナック菓子をぱりぽり食べ始めた。眷属なのでお供え的なものを食べられるのは知っていたが、スナック菓子が有効とは思わなかった。

『うーん、あまり加工食品は美味しく感じないでありますねぇ。おいらはやっぱり和菓子系が好きでありますぅ。赤福か八つ橋ないですかぁ？』

子狸はだらけた格好で無茶な要求をする。

「ところで、有生。今回、お前が旅行を受け入れたのって、やっぱりあの……井伊が悪さするって分かってたからなんだな？」

せんべいを噛み砕きつつ、慶次は有生を窺った。タイミングよく井伊の悪巧みを止められたなんてあるわけない。有生はある程度未来が分かっていて、出向いたのだ。

「あーそーそー」

有生はどうでもよさそうに返事をする。

「お前が言ってた肉体のアップデート的なことをしたから、そういうの分かったってこと？」

慶次がさらに詰め寄ると、有生が頭の後ろで手を組む。

「大雑把に言うとそう。神様とか眷属とかのパイプが太くなって、頼まれごとするようになったって感じ」

有生は何でもないことのように言うが、それは使命を帯びたということだろう。有生がすごい存在になってしまったようで、慶次はまたもやもやしてきた。

「お前……すごいな。俺、羨ましい」

慶次がぽつんとこぼすと、有生が目を丸くする。

「は？　めんどくさいだけだよ？　何がいいの？」

有生からすれば慶次の感覚が理解できないのだろう。慶次は昔から勧善懲悪ものが好きで、地球を救うとか、悪の組織をやっつけるという分かりやすい話が好きだった。討魔師を目指したのも、自分が正義の味方で活躍したかったからだ。けれど実際討魔師になってみると、思い描いていたものとは乖離していた。神様からの頼まれごとなんて、慶次からすれば羨ましい話だ。

「慶ちゃんの気持ち、ぜんぜん理解できねーわ。慶ちゃんってあれでしょ。結局頼りにされたいだけでしょ？　上に立ちたいの？　上に立つって責任生まれるし、めんどくせーだけだよ。慶ちゃん、いばりんぼだもんね。頼られて興奮しちゃう変態じゃん」

言いたい放題言われて、慶次は有生の肩を押した。

「ち、違う！　そういうんじゃないっ。俺は……っ」

「違わねーわ。自分の器以上のものを望んだって、形が違うんだから後で苦しくなるだけでしょ。慶ちゃんは現実を見るべき。そんでそれを受け入れるべき」

つらつらと述べられ、慶次は真っ赤になって拳を握った。

「もう……何なの！　お前、時々正論ぶっ込んでくるのは！」

有生に腹が立ち、顔を見るのが嫌になって背中を向けた。有生はいつも好き勝手言うくせに、たまにドキリとする指摘もする。それが腹立たしくて、慶次を落ち込ませる。有生は鬼畜で人を人とも思わない性格をしているし、力を悪用している困った奴だ。人としては絶対に有生のほうが間違っていると思うのに、時々どうしてか自分のほうがおかしいのかもという気にさせられる。

「何だよ、俺のこと悪く言いやがって。いばりんぼじゃねーし。お前、ホントは俺のこと嫌いなんだろ」

慶次がふてくされて言うと、有生の手が伸びてくる。

「あのねー、慶ちゃん。俺は慶ちゃんのそのおバカなとことか、いばりんぼのわりにうじうじしてるとことか、人として未熟なとことか、全部ひっくるめて愛してるんだよ？　そもそも俺、別に悪く言ってなくね？　悪く言われたと思ったなら、慶ちゃんが悪いとこだと自覚してるからでしょ」

　有生の手で腰を抱き寄せられ、慶次は眉根を寄せた。悪く言ってないと有生は言うが、慶次には悪口に聞こえた。それは、慶次のほうの問題だというのか。

「慶ちゃんはこうあるべきって、理想形に自分をぶち込みすぎなの。この個性の時代で、逆に無個性だよ？　あー、ほら、もう訳分かんなくなったって顔してる。だから慶ちゃん、慶ちゃんは考えるだけ無駄だから」

　有生の腕に抱え込まれ、慶次は不満げに鼻を鳴らした。有生の言う通り、話しているうちに何の話をしていたかよく分からなくなっていた。

『ご主人たまは思考より行動で気づくタイプなので、悶々と考えるのはおいらもおススメしませぬのぉ』

　子狸にも言われ、慶次は唇を尖らせた。スナック菓子を片付けて、もう寝ようかと時計を見る。

『ところでご主人たま、当て馬その一とその二を気にしたほうがいいでありますよ』

　だらけた格好の子狸に言われ、そういえば瑞人と勝利のことをすっかり忘れていたのを思い出した。慌ててスマホを確認する。

「ゆ、有生！」

　自分のスマホを開いた慶次は、あくびをしている有生を慌てて揺さぶった。スマホのメッセンジャーに勝利から連絡が入っていたのだが『助けて』と『瑞人の頭がおかしい』と異様なメッセージが送られていたのだ。

「別にいつものことでしょ、瑞人の頭がおかしいのは」

有生は特に気にした様子もなく、慶次にスマホを返してくる。慶次は今津港(いまづこう)の駐車場で別れた二人が気になり、真夜中だが、急いで勝利に電話をかけた。——繋がらない。

「有生、あの二人、ちゃんと宿に来れたかな？　フロントに聞いたら迷惑？」

瑞人のスマホにも連絡を入れたが、やはり通じない。慶次は動揺してベッドから飛び降り、部屋の中をうろついた。

「幼稚園児じゃねーんだから、電車で来れるでしょ」

せんべいをかじりながら有生に言われ、慶次は居てもたってもいられず、フロントに電話をかけた。こんな夜中でもすぐに電話が繋がり、慶次はしどろもどろになりながら一緒に予約した二人がチェックインしたかどうかを尋ねた。

『お二人とも夜にチェックインなさいましたよ』

フロントの人にそう言われ、慶次は脱力した。勝利が驚かせるような文言のメッセージを送ってくるから、何かあったのかと思ってしまった。チェックインしたなら大丈夫だろう。慶次は礼を言って電話を切り、ベッドに戻った。

「二人ともチェックインしたって。当主に頼まれた以上、責任持たないとだろ？　あーよかった。

謎のメッセージについては明日聞けばいいよな」

安心して慶次がベッドに横たわると、有生が急に何かに気づいたように部屋の隅へ視線を向ける。何かと思ったら、いつの間にか白い狐が部屋の隅にいて、有生を見ている。有生の眷属である白狐の手下の狐だろう。コーンとひと鳴きして、姿を消した。

「はぁ……瑞人の奴、頭がおかしい……」

勝利と同じメッセージを有生が呟き、頭を掻きむしった。

「な、何だ？　どうしたんだ？」

狐から何か知らせを受けたのか、有生が珍しく頭を抱えている。慶次が気になって聞くと、何か言いかけて口を閉ざす。

「明日にしよ。明日できることは明日やればいいし」

思考を放棄したかのように、有生が慶次を引き寄せて上掛けを引っ張り上げる。納得いかなかったが、聞くのも恐ろしい気がしたので、慶次は有生の腕に包まれて目を閉じた。

■5　井伊家とは

翌日は九時頃に目を覚まし、遅い朝食をホテルで取った。部屋に戻る途中でスマホを確認すると、勝利と瑞人に宛てたメッセージが既読になっている。部屋番号が書かれていて、勝利から『すぐ来て』とメッセージが入っていた。

「有生、瑞人たちの部屋に行こう」

勝利と瑞人が泊まった部屋は、慶次たちの隣だった。有生は「行きたくねー」とだるそうに呟くが、無理やり連れて行った。隣の部屋のドアをノックすると、しばらくしてドアが薄く開けられる。隙間から勝利が覗(のぞ)いてきて、慶次が声をかけると大きくドアが開いた。

「慶次さん！　何でもっと早く来てくれなかったんですか！　俺に死ねと？」

勝利にしては珍しく大きな声を出され、慶次はびっくりして目を丸くした。確かに二度目のメッセージは夜中に来ていたようだ。寝坊したので気づかなかった。

「慶次さん、俺が昨夜……、ひぃっ！」

なおも言い募ろうとした勝利が、慶次の後ろに立っている有生に気づいて悲鳴を上げる。勝利は幽霊でも見たみたいに、脱衣所のほうに逃げ込む。何だかよく分からないが、とりあえず中に入ろうと慶次は部屋に踏み入った。

そして、目が点になった。

「ななな っ、何でそいつがここにいるんだよっ！」

勝利と瑞人の泊まった部屋は、慶次たちと同じタイプの広い部屋で、それ自体は特に問題なかった。けれどあろうことか、部屋の中央に、井伊龍樹がいる。

「やーん、慶ちゃん、おっはよー。僕たち、今ルームサービスでご飯頼んだとこー」

朝からはしゃいだ様子の瑞人は、バスローブを羽織った状態で、何故か龍樹にご飯を食べさせている。サンドイッチを頼んだのだろう。手ずから龍樹の口に運び、よしよしと頭を撫でている。肝心の龍樹は、後ろ手に縛られて、上半身裸でショートパンツを穿いていた。ショートパンツは瑞人が切り裂いたズボンだ。

「はー、もうどっから突っ込んでいいか分からねーな」

有生はため息を吐き、ずかずかと中へ入っていった。あまりに衝撃的な光景に慶次はしばらく固まっていたが、有生につられて龍樹に近づいた。龍樹は今にも爆発しそうな怒りを湛えた表情で、部屋に座り込んでいる。よく見ると、手だけではなく、足も縛られているではないか。

「せ、説明してくれるか？　何でこいつがここに？」

慶次は部屋の隅でうずくまる勝利に、おそるおそる問いかけた。竹生島に置いてきたはずの龍樹が、何故か勝利と瑞人と一緒の部屋に泊まっている。龍樹の顔色は悪く、げっそりしているのが気になった。しかも両手両足を縛られて、明らかに捕らわれの身だ。

「最悪っすよ……。慶次さんたちと別れた後……、足がなくなって、瑞人がそいつが来るのを待とうって……」

悪夢を思い出したのか、勝利が震えて話し始める。今津港に取り残された瑞人は、電車で観光をするのを厭い、龍樹を待とうと言いだしたらしい。龍樹は竹生島に縛った状態で置いてきたので、拘束を解き、残されたズボンの残骸を穿いて戻ってくるなら、次の便だと踏んだのだろう。瑞人いわく、龍樹は車で来ているはずだから、彼の車に乗せてもらえばいいということだ。

いくら有生に放り出されたとはいえ、井伊家の男の車に乗り込もうなんて、無茶にもほどがある。敵対している一族なのを忘れたのか。

「今でも思い出すのーっ。船から恥ずかしそうな顔でショーパン姿で戻ってきたたっくんの姿をーっ。生足がなまめかしかったのーっ、ちょっと毛深いとこも可愛いっ」

瑞人が楽しそうに身をくねらせる。ヤンキーっぽいなりをした龍樹が、ぴちぴちのショートパンツを穿いて船から降りてきたら、周囲の視線を奪うだろう。龍樹自身も記憶が蘇ったのか、耳まで赤くして瑞人を憎々しげに睨んでいる。

『ひゃははは！　おいらも見たかったですぅ！　おかしすぎてヘソで茶が沸かせますぅ！』

横についていた子狸がすごい声で笑いだし、慶次は「ちょ……っ、か、可哀相だろっ」と急いで子狸の口をふさごうとした。だが子狸の笑いにつられたのか、有生も「俺も見とけばよかった」と笑いだしたので、慶次も我慢できなくて一緒に笑ってしまった。

「てめぇら……絶対殺す」

赤を通り越して赤黒くなった顔で、龍樹が憎悪を向ける。

「あ、ご、ごめん」

一緒になって笑ったことを反省して慶次が謝ると、龍樹からますます恐ろしい目で見据えられる。

「慶ちゃん、そこで謝ると余計にこいつ、つらいって」

ニヤニヤしながら有生に言われ、慶次は頭を掻いた。

「そ、それでその後どうしたんだ？　こいつが素直に車で送ってくれるわけないだろ？　どうしてお前はそんな危ないことをするんだ」

慶次が真面目な顔になって瑞人を叱ると、ぺろっと舌を出してウインクをしてくる。

「たっくんは僕の言い分を聞いて、観光につき合ってくれたのぉ。いい子なんだよっ、ねっ、勝りん」

瑞人は龍樹に抱き着いて、頬にちゅっちゅっとキスをして言う。そんなわけないだろうと勝利を振り返ると、鬱々（うつうつ）とした様子でため息をこぼされた。

「その……井伊は、スマホを返してもらうために、瑞人にこき使われたっていうか……」

勝利の話を聞いて、慶次は有生と目を見合わせた。ことの全貌が分かった。有生がスマホを奪って去っていったので、龍樹はそれを返してもらおうと瑞人に詰め寄ったのだろう。だが、逆に返り討ちに遭い、スマホを返してほしくば、言うことを聞けと連れ回されたに違いない。

問題のスマホは有生の下にあるとも知らず。

「スマホ、とっくに警察に返したのにね」

有生に耳打ちされ、慶次は龍樹への同情を禁じ得なかった。ありもしないスマホでいいように使われた挙句(あげく)、ホテルの部屋で縛られている。これにどう収拾をつければいいが、慶次には分からなかった。

「……もう気がすんだだろ。俺のスマホを返せ。それとも俺を殺して山にでも埋めるか？　弐式(にしき)家の奴らにそんな真似ができるなら、親父も喜ぶだろうな」

龍樹は煽(あお)るように吐き捨てる。

「やーん、どうしてそんなひどいこと言うのぉ？　たっくんはホントはいい子なんだよぉ。わざと悪い子ぶって、もーっ、可愛いんだからっ」

瑞人は龍樹を抱きしめ、子どもに対するみたいに頭を撫でまくる。

「瑞人、そいつ気に入ったの？」

有生がしゃがみ込んで龍樹を眺めながら聞く。龍樹は有生が顔を近づけると、少し怯えたように身を引いた。

「うんっ、たっくんはいい子だからぁ。優しいし、おっぱいでかくて、僕好みだよっ」

龍樹の胸筋を触りまくって瑞人がうっとりする。よくよく見ると、龍樹の上半身にキスマークらしきものが……。見なかったことにしようと慶次は目を背けた。

「そーなんだー」

ふといいことを思いついたというように、有生がにやーっとした。龍樹が鳥肌を立てて震え、後退した。有生は立ち上がって「ちょっと待ってて」と部屋を出て行った。

「昨日、瑞人の奴、何したの？　まさかあいつに犯されたりしてないよね？　俺、一応当主に瑞人を任されたから、そういうの困るんだけど。瑞人があいつをヤるのも困るけど」

瑞人と龍樹の様子が気になり、慶次はこそこそと勝利に聞いた。瑞人がおとなしく抱かれる図は想像できないが、瑞人が龍樹を強姦する図は想像できてしまった。不純同性交遊どころか性犯罪が行われていたら、保護者としてこの旅行に付き添っていたのに、当主に面目が立たない。

「それは……」

勝利は記憶が蘇ったように、がばっと床に伏せる。

「あああ……っ、見てるだけで俺のヒットポイントえぐられた……っ、だから俺はこいつが嫌いなんだ……っ、この年でどうしてあんなひどい真似ができる……っ、有生さんと瑞人は井伊家で引き取るべきだろ……っ」

勝利は呻くように呟き、龍樹が受けた仕打ちについては明かしてくれなかった。慶次も聞くのが怖くなり、それ以上聞けなかった。

「お待たせー」

しばらくして有生がビニール袋を抱えて戻ってきて、慶次は息を呑んだ。そのビニール袋の中身は、慶次が持って帰ってゴミに出そうと思っていたアダルトグッズではないか。

「これ未使用だから瑞人にやるわ。どうせ、お前今日は観光よりもこいつと遊びたい感じだろ？好きに使って」

見たことのないような優しい笑みで、有生がアダルトグッズを広げる。瑞人の目がキラキラ輝き、反対に龍樹の血の気が引いていく。

「有生兄ちゃんは神様なのっ、うわーうわー、どれから使おうかなっ。はぁはぁ、僕興奮してきちゃった」

ディルドやローターを箱から取り出し、瑞人が歓声を上げる。慶次は恥ずかしさのあまり、真っ赤になった顔を両手で覆った。勝利は唖然(あぜん)とし、有生はニヤニヤしている。

「そういえばスマホさぁ」

有生が頬に手を当て、悩ましげに呟く。

「ロックが開かねーんだけど、何かヒントくれね？」

困ったように有生に聞かれ、龍樹が安堵した様子で肩を落とす。

「スマホ返してくれれば、これ以上お前たちに深入りしない」

龍樹は床に転がったアダルトグッズを見下ろしながら、強気の口調で言う。実はそのスマホは昨日のうちにとっくに有生が情報を抜いている、とはとても言い出せない状態だ。

「そーなんだぁ？　あ、慶ちゃん。こいつに同情しなくて大丈夫だよ。こいつは罪のない未成年女子をレイプとか平気でする奴だから。あの弟といい、弱者をいたぶることで矜持を保つ底辺野郎だし。まさか、こういう大人のおもちゃを自分が使われるかもしれないとか、ぜんぜん考えたこともなかったみたい」

にゃーっと有生が笑い、男性器を模したものを龍樹の顔の前で揺らす。サッと龍樹の顔色が変わり、「お前……まさか……」と掠れた声になる。

「無防備だったから、視えちゃった。うわー、お兄ちゃんに頭が上がらないんだぁ。コンプレックスすげーな。あんま強い妖魔も持ってねーしな。瑞人レベルにやられる妖魔じゃ、なくても一緒でしょ」

ふっと空気が冷たくなり、慶次は鼓動を速めて有生と龍樹を見守った。有生には時々その人の過去が視えることがあるらしく、それを言い当てられた人は、もれなく有生に対する恐怖心が増す。先ほどまでは龍樹に同情していた慶次だが、未成年の女子にひどいことをする人間ならかばう気にはなれない。

「ねー有生兄ちゃん、たっくんが素直になれる魔法をかけてっ」

ローションとディルドを握りしめ、瑞人が前のめりで言う。有生が「しょうがねーな」と呟いて、白狐を呼び出した。

「白狐、こいつを浄化して」

有生の囁きに、白狐がコーンとひと鳴きして、光のシャワーを龍樹に浴びせた。龍樹はとっさに逃げようとしたようだが、瑞人に抑え込まれて身動きがとれなくなる。白狐の浄化で部屋全体が明るくなり、慶次は不安だった心が晴れた。

「う……」

龍樹は苦しげに呻き、瑞人の腕から逃れようとした。以前、白狐が浄化しようとした際に、龍樹はそれを厭うて逃げた。井伊直純(なおずみ)がわずかに改心して井伊家から逃れたように、龍樹も変化するのだろうかと慶次は期待した。

「さぁっ、たっくん、僕とあそぼーねっ」

目をギラギラさせて、瑞人が龍樹を押し倒す。

「なぁ……瑞人の奴は何で浄化されないんだ……?」

白狐の強力な浄化を浴びてもなお、変わらない瑞人に慶次は寒気を覚えた。

「あれで完成形だから」

有生は興味を失ったように、部屋を出て行こうとする。慶次もこれ以上ここにいても仕方ないので有生についていった。

「ま、待って！　俺を置いていかないでっ」

勝利が慌てたように走ってくる。部屋では瑞人が龍樹に不埒な真似をしているようだ。さすがにここに勝利を置いていくのは可哀相で、一緒に部屋を出た。

「……とりあえず、今日、どうする？」

慶次たちの部屋に戻り、お茶を淹れながら今日の予定について尋ねた。勝利は有生に睨まれるのが怖くて、部屋の隅に座り込んでいる。有生はベッドに腰を下ろし、スマホを見ている。

「井伊家の情報入ったから、父さんたち、本家に討魔師を招集してるみたい」

有生に何げなく言われた後、勝利のスマホが鳴りだす。気後れしつつ電話に出た勝利は「あ、律子さん」と背筋を伸ばした。同時に慶次の電話も鳴って、ディスプレイに弐式耀司の名が出る。

「もしもし？」

慶次が電話に出ると、耀司の渋い声が聞こえてくる。

『慶次君。そこに有生いる？　俺の電話に出てくれない』

耀司は困った声だ。目の前にいると告げると、今、本家に討魔師を招集していることを告げられた。

『慶次君から情報をもらった後に準備しておいたから、スムーズにいったよ。昨日、有生から具体的な情報が入ってね。神社庁と連携をとって、それぞれ動いている。厄介なところには討魔師を派遣してるんだけど、俺の電話に出ないってことは、有生はやる気がないみたいでね』

慶次の知らない間に討魔師たちが動いているのを知り、慶次もそわそわした。自分も討魔師として動くべきではと思うが、まだ半人前の自分では力になれないだろうか。

「今から戻ったほうがいいですか？」

俺も手伝います、と言い出せない理由は、瑞人と勝利だ。実は瑞人が龍樹と一緒にいるなんて、なかなか言い出せない。しかも瑞人は不埒な行為の最中だ。尊敬する品行方正そうな耀司にどう伝えるべきか悩み、慶次は顔を曇らせた。瑞人のやばい一面を耀司は知っているのだろうか。部屋に二人を置いてくるのはまずかったのではないかと、今さら心配になった。瑞人が龍樹に返り討ちに遭う心配はしていないが……。

（まぁでも井伊龍樹が未成年にひどい仕打ちをしてきたなら、未成年の瑞人にひどい仕打ちを受けるのは因果応報なのか……？　いや、その前に、これって性犯罪なのでは……？）

慶次が考え込んでいると、耀司の『慶次君？』という声がかかる。

『今、京都だろ？　近くで手を借りることがあったら連絡するから、その時は指示に従ってくれるかな？　旅行中に申し訳ない』

耀司は特に急いだ様子もなく告げる。慶次はその言葉に甘えることにして、明日の朝こっちを出ると言っておいた。電話を切ると、勝利も同じようなことを言われたらしく、一息ついている。有生を覗き込むと、スマホでゲームをやっているだけだった。

「あの……つまり、とっくにあの男のスマホの情報は抜かれているという……？」

律子からの電話で、勝利も事情が呑み込めたようだ。恐ろしげに有生を見ている。龍樹は今もスマホを返してもらうために瑞人の要求を呑んでいるのだろう。

「うん……。とりあえず、俺たちは急いで帰らなくてもいいみたいだし、予定していた石山寺とか行く？」

今のところ緊急の呼び出しはないようだし、せっかく来たので石山寺には行っておきたい。慶次のそんな提案に、有生が顔を上げた。

「慶ちゃんと二人で行くから、お前はどっか観光しろ」

有生にじろりと睨まれ、勝利が悲鳴を上げて壁にへばりつく。

「お、俺が何歳から引きこもっていると？　一人で電車に乗って観光とか無理無理。そういうとなら、俺、ここで留守番します」

勝利は荷物のバッグを抱えて、断固とした口調だ。そういえばどうしてあの瑞人の凶行につき合っていたのかと思ったら、勝利は引きこもり生活が長くて、一人で外を歩くことができないらしい。

「え、でも本家にいつも一人で来てたじゃん。まぁ、この前は律子さんと一緒だったけど」

一人で電車に乗れないというのが信じられず、慶次は首をかしげた。

「本家に行く時はいつも母さんの車で来るし……一人で遠出したことなんか、ないっす」

堂々と言われ、自分より年上なのに、社会不適合者なのだと改めて知った。留守番なら許すと有生からお許しが出て、勝利は早速パソコンを取り出して電脳世界に飛んでいる。

「……これでいいのか」

瑞人も勝利も気になるが、有生が嬉々として支度を始めたので、慶次は後ろ髪を引かれつつ観光に出かけた。

有生と二人で石山寺に出かけ、古い歴史に思いを馳せた。平安時代には石山詣が盛んになり、かの紫式部もしばらく逗留していたという。現在の交通網なら気軽に行けるが、平安時代の人が詣でるのは大変だっただろう。

石山寺から京都へ移動して、東寺や三十三間堂を見て回り、老舗の鰻屋でご飯を食べてホテルに戻った。

部屋に入って、勝利がパソコンでゲームしているのを目の当たりにして、慶次はハッと我に返った。

「なぁ！　やっぱこれまずいんじゃないのか！」

つい旅行を満喫してしまったが、本家では井伊家の悪行を阻止しようと討魔師が各地に送られているというのに、慶次たちは呑気に観光している。しかも隣の部屋では瑞人が淫行に耽っているのだ。

「今さら、何言ってんの？　慶ちゃん、楽しく仏像見てたじゃない」

有生は馬鹿にした笑いを浮かべ、コンビニで買ってきた飲料水を冷蔵庫に入れている。

「そうなんだけどーっ!!　ちょ、ちょっとあいつら見てこないか？　瑞人は十六歳だし、法律に引っかかるかもしれないだろ？　いや、確実にヤってるのはあいつのほうなんだけど！」

瑞人を龍樹と一緒に放置したのはまずいのではないかと今さら気になり、慶次は有生の腕を引っ張った。

「えー？　やだし。弟の致してる姿見たい兄弟とかいる？　慶ちゃんだって、あの井伊家のヤンキー兄ちゃんがエッチしてるとこ見たくないでしょ？」

有生は駄々をこねるように腕を引っ張り返す。

「でも俺は当主に頼まれた責任があるんだよぉ！　旅行先で息子が淫行してたら、当主だって頭を抱えるだろっ。あーっ、何で巫女様、怪我なんかしちゃったんだよ！　巫女様が一緒だったら、こんな困ってないはず！」

思えばこの四人で旅行に行こうとしたこと自体が問題だったのだ。マグマのように後悔の念がどんどん湧いてきて、有生の手を握りしめて部屋を出た。有生はしぶしぶ慶次についてくる。

「瑞人！　おい瑞人！　ちょっと開けてくれ！」

部屋のドアを激しく叩き、瑞人の名前を呼ぶ。ややあって、ドアが開き、バスローブ姿の瑞人が出迎えた。とりあえず瑞人は無事なようだが、朝会った時と格好がまったく一緒で、変な想像しか浮かばなかった。

「うおっ、お、お前……っ、あの龍樹って奴と……その……」

男同士の恋愛に関しては免疫のある慶次だが、一方的に嬲るような行為にはどう対処していいか分からない。あの大量のアダルトグッズは使われたのだろうか？

「入って大丈夫……か？」

奥の部屋で何が行われたか聞きたくなくて、慶次は不安げに上目遣いになった。返事を聞く前に有生が部屋の中へ入ってしまい、急いで慶次も後を追った。

「きゃっ。やーん、今、撮影中だったのぉ」

瑞人がくねくねしながら、有生と肩を並べる。怯えながら部屋に入った慶次は、ベッドの上に全裸の龍樹がいて飛び上がりそうになった。ぐったりと横たわっている龍樹は、明らかに事後の様子で、なまめかしい匂いが部屋中にこびりついている。ベッドの前には三脚があり、スマホがカメラモードになっていた。有生はそれをひょいと手に取り、勝手に弄っている。

「うっわ、えぐ。お前、よくこんなひどいことできんねー。あー、こりゃプライド折れまくりじゃん。ははっ、鬼畜すぎてウケる。すげー声出してんな。初物でこんな声出せんなら、素質ありまくりでしょ」

有生は撮った映像を眺めて、爆笑している。録画されていたあられもない声が部屋に響き、慶次は思わず耳をふさいだ。恐ろしすぎて映像を見る気にはなれず、そろそろと意識を失っている龍樹を覗き込んだ。

「でしょーっ。たっくんったら、感度よすぎなのぉ。僕のS心を刺激しまくりなのぉ。こことかすごいんだからぁ。一保パイセンも可愛かったけど、たっくんもかわゆすぎ」

瑞人はスマホを覗き込み、嬉々として解説している。エロ動画を見て笑っている二人に慶次は恐怖した。

「子狸……。俺、井伊家よりあいつら二人のほうが怖いんだが……」

慶次が呟くと、子狸がひょいと出てきて、恐怖のあまり尻尾の毛を逆立てる。

『おいらも恐ろしさに震えておりますぅ。人というのはどこまで残酷になれるのか……あれこそ人の皮を被った悪魔なのではないのか……、ディアボロ！』

有生たちに加わるのは止めておいて、慶次は浴室からタオルを濡らして持ってきた。そっと龍樹の汚れた身体を清めていると、気づいた有生に「慶ちゃん！」と鋭い声で叱責された。

「俺がいながら、俺以外の男の身体を拭くとか、何考えてんの？ 慶ちゃんって常識なさすぎなんじゃないの!?」

烈火のごとく怒り狂っている有生が、濡れたタオルを奪い取る。

「お前に常識とか言われたくないんだが……」

龍樹のエロ動画を見て笑っていた男に、何故これくらいで怒られなければならないのか……。

慶次は納得いかないまま、苦悶の表情を浮かべて横たわる龍樹を見つめた。

「いくら何でも可哀相すぎるだろ。こいつ井伊家の次男なんだし、弐式家の三男に犯されたなんて……よく分かんないけど、屈辱なんじゃないのか？」

放置されている龍樹が気になり、慶次は有生の手から濡れタオルを奪い返そうとした。

「やーん、慶ちゃんったらぁ！　僕の童貞と処女は守り抜いているよっ。僕はねー。最初は運命の相手とするって決めてるんだからぁ。たっくんは可愛いけど、犯すほどじゃないかな。慶ちゃん、安心してっ。僕はたっくんをずーっと気持ちよくさせてただけだよっ」

さらりと衝撃的な発言をされ、慶次はあんぐりと口を開けた。てっきり瑞人が龍樹を犯しまくったと思ったが、違うようだ。

「そ、それならよかった……。いや、よかった……の、か？」

混乱してきて、慶次は頭を抱えた。そうこうするうちに慶次たちの声が聞こえたのか、龍樹が呻き声を上げて目を覚ました。自分を見下ろす三人に、ぎょっとして身をすくめる。拘束は解かれていたので、逃げることも可能だ。

「……俺のエロ動画で脅しでもするつもりか？　あいにくと、そんなもの脅しにもならねーからな」

ギラギラした目で龍樹に睨まれ、慶次は困惑して有生と瑞人を振り返った。そんな目的で撮っていたのだろうか？

「あ、俺この動画のいい使用方法思いついちゃった。こいつ過去に同じような手口で若い女の子脅してたみたいだから、その子たちにこの動画送ってあげよう」

有生が指を鳴らして、明るく言い放つ。

「は？　そんな真似、どうやって……」

不可解な顔つきで聞き返した龍樹が、一瞬にして真っ青になる。ガタガタ震えだした龍樹は、有生を見上げて、乾いた声を上げた。

「お、お前……俺のスマホの情報……」

この時点でようやく龍樹はスマホの情報を抜かれていることに気づいたらしい。有生が過去の話をしたせいだろう。おそらくスマホの中には、龍樹の悪行に関わる情報が大量に入っていたはずだ。

「ごめんねー。現在進行形の井伊家の情報、ありがたーく受け取ったよ。まぁ井伊家はお前と情報共有したことを悔いるしかないねー。もう昨日のうちに動いているから、今頃、井伊家の愉快な仲間たちは激おこじゃないの？　あ、ちなみにお前のスマホは警察に届けてあるから」

有生が嬉しそうに明かすと、龍樹がベッドに倒れ込んだ。よほどショックだったのだろう。自分のせいで井伊家全体の企みを潰されたのだから、当然といえば当然かもしれない。

「あの……大丈夫か？　出会った相手が悪かったと思って、諦めろよ」

うなだれる龍樹が哀れで、慶次は慰めの言葉をかけた。

「きゃはっ。たっくんはザコすぎなのぉ。持ってた妖魔もへぼへぼだしぃ」

瑞人は追い討ちをかけるように笑っている。

『僭越ながらぁ、おいらが解説しますとぉ。ヤンキー君は当初それなりに強い妖魔を従えていたのでありますがぁ、竹生島の聖域で弱ってしまい、そこへ有生たまの狐軍団が押し寄せて、やられまくったのであります。残されたのはわずかな妖魔だけで、そこへこの小悪魔……いえ、ディアボロ三男が残りの妖魔を消してしまったので、このようにザコっぽくなってしまったのでありますよぉ。要するに今は装備が木の棒でありますね。あと知らずに持たされたお守りと、白狐たまの浄化パワーが効いてますです』

子狸に説明され、慶次はふんふんと納得した。

「結局ザコってことなのぉー」

瑞人はけらけら笑っている。さすがに龍樹も怒って殴りかかってくるのではないかと思ったが、ベッドに伏せたまま動かない。

「あの……もう帰ったら？　親御さんも心配していると思うし」

さんざん打ちのめされた龍樹に同情して慶次が声をかけると、恐ろしい勢いで顔を上げ、睨みつけてきた。

「うるせぇ！　お前に言われるのが一番腹立つ！」

何故か龍樹に怒鳴りつけられ、慶次はぽかんとした。

「え、いや、俺何もしてなくない？」

何もしていない慶次が怒られる理不尽さに呆然としていると、龍樹がベッド脇にくしゃっと丸まっていたバスローブを身にまとった。

「井伊家に戻れない」

眇めた目つきで呟かれ、慶次はよく聞き取れなくて前のめりになった。

「これだけの失態を犯して、井伊家に戻れねーだろ。戻ったら殺される。弐式家の奴らをぶっ殺すか、眷属でも奪わないと帰れねぇ」

吐き捨てるように龍樹が言い、慶次は思いがけない言葉に固まった。

「装備、木の棒で？」

有生があどけない表情で聞き返し、瑞人と一緒に大爆笑する。龍樹は真っ赤になって拳を握っていて、枕を有生たちに向けて投げつけた。

「井伊家に戻れねぇ！　てめぇらが責任とれよ！」

龍樹が再び怒鳴ると、有生が「お前のせいだろ」と瑞人を肘で突く。

「元いたところに返してこいよ。面倒見れない犬猫は拾ったらいけませーん」

有生は瑞人の頭を拳骨でぐりぐりして、言い聞かせている。慶次は龍樹が突然襲いかかってくるのではと身構えたが、ふらふらしているし、それほど脅威にも思えない。

「パパ、飼っていいって言うかなぁー？　いくらパパでも井伊家の次男は飼っていいって言わないよねぇー。あー、もー。有生兄ちゃんがたっくんをこらしめるから、僕が便乗しちゃっただけじゃん？　有生兄ちゃんのせいでしょ」

不毛な会話をする有生と瑞人を横目で眺めていると、龍樹はベッドから下りてのろのろと浴室のほうに消える。汚れた身体を洗いに行ったのだろう。

「……どうすんの？　あれ」

浴室から水音が聞こえ、慶次は責任を押しつけ合っている有生と瑞人を振り返った。


井伊家に帰れないと言いだした龍樹は、シャワーを浴びてさっぱりしてくると、腹が減ったとルームサービスを要求してきた。誰が金を出すのだろうと思ったら、瑞人が黒革の財布を慶次に手渡してくる。

「はい、慶ちゃん。明日の清算はこれでしてね」

ニコニコして渡された財布には、ぎっしり札束が入っていた。ありがたく受け取っていると、

「それは俺のだろ！」と龍樹に奪い返された。

「飯食いたいなら、お前が金を出すべき。そんな当たり前のことも分からないなんて、お前の親の顔が見てみてーわ」

有生はスマホでゲームをしながら、横から口出しをする。

「それを言うなら、こいつらに連れ回されて車、動かした俺に、金を出すべきだろっ。ガソリン代と飯代っ。こいつがどんだけ食ったか言ってやろうか！　しかもあっち行け、こっち行けってうるせーし！」

龍樹は気力が戻ってきたのか、有生に言い返している。

「あ、こいつと俺は赤の他人だから。俺に言われても困る」

軽く手を振って有生は相手にしない。さすが井伊家の人間は、一般人より有生の相手ができるようだ。慶次はルームサービスのメニュー表を持ってきて、龍樹に手渡した。龍樹は万札を財布から抜き出し、一番高いメニューを告げて慶次に押しつけた。瑞人も腹が減ったと言うので慶次がルームサービスを頼んでいると、ふいに部屋の空気が一段下がる。

「は？　ちょっと、何で慶ちゃんをパシらせてんの？」

ゲームをしていたはずの有生が、龍樹の胸倉を摑んで一触即発状態になっていた。龍樹は咽を押さえて咳き込んでいる。

「有生！　落ち着けって！」

慌てて有生を押さえつけ、龍樹から離した。龍樹はまだ咽を押さえて激しく咳をしている。きっと精神攻撃をしているのだろうと、慶次は有生の頰を両手で包み込んだ。

「もう許してやれって！」

有生の目をじっと見つめて言うと、ふっと部屋の空気が楽になる。龍樹が苦しそうに咽を押さえてベッドの隅まで後退した。

「こんな頭おかしい奴とつき合えるお前って、相当やべーな」

龍樹にぼそりと呟かれ、自分のことかと慄いた。有生と違い自分はまともだと思っていたが、井伊家の人間にそう言われるなんて。

(そうだよな……今回のことといい……。俺もこいつらに毒されてるのかも……)

瑞人と龍樹を残して観光しているなんて、今までの慶次からすればありえない。知らず知らずのうちに自分も有生や瑞人に影響を受けていると思うと、鼓動が速まった。

不穏な空気の中、ルームサービスがやってきて、龍樹はベッドで食事を始めた。そもそもここは二人部屋なのに、三人でいることもおかしいのだ。

「そ、それで、井伊君……井伊さん? 龍樹さん? は、この後、どうするの?」

このまま部屋に戻るのはさすがにまずいので、慶次はもう一つのベッドに腰を下ろして改めて尋ねた。

「井伊家に戻れねぇ」

龍樹は咀嚼しながら繰り返して言った。

「それだけのポカをした。お前ら、直純さんを匿ってたんだろ。しばらく俺のことも匿え。フツーに逃げたんじゃ、すぐ捕まっちまう」

先ほどは弐式家の人間を殺すとか、眷属を奪うとか、物騒なことを言っていたが、逃げるほう慶次はホッとした。

「めんどくせー」

有生は慶次の横に滑り込んで、ベッドに寝転がる。

「っつうか、何でそんなことしなきゃなんねーの？　お前を井伊家に渡したほうが手っ取り早くね？」

慶次の腰に抱き着きながら有生が間延びした声で言う。

「お前ら、弐式家は人助けをすんのが使命なんだろっ。俺のことも助けろっ」

苛立った龍樹が怒鳴り、テーブルで中華飯を食べていた瑞人が笑い転げる。

「きゃはっ。たっくん、勘違いっ。討魔師は報酬がないと人助けしないのっ。そういう思考だから有生兄ちゃんにヤられちゃうのぉ」

瑞人の発言に衝撃を受け、慶次は眉を下げた。人助けをするのが使命だと慶次も思っていた。確かに報酬がないと動かないが、根底には善意があるものと思い込んでいた。

「あ、あのー。助けるなら、やっぱり当主に相談しないとだよな？　ということは、全部正直に話さなきゃだよな……？　俺、できればその役目は誰かにお願いしたい……」

そっと手を上げ、慶次は三人の様子を窺った。当主に呆れられるのも軽蔑されるのも、どちらも嫌だった。自分の責任なら潔く引き受けるが、今思い返してみても、慶次が止められる要素はなかった気がする。

「えー慶ちゃん、ひどっ。僕の保護者は慶ちゃんでしょっ。一緒に怒られよっ」

ウインクしながら瑞人に言われ、絶対嫌だと慶次は腕でバツを作った。

「お前の保護者は明らかに有生だろっ」

瑞人と醜(みにく)い言い争いをしていると、有生がどこかへ電話をかけ始める。

「あ、父さん？　俺、俺。そっちどーなってるの？」

有生がスピーカーにして通話を始め、慶次はぎくりと固まった。誰が言うか押しつけ合いをしていたところなのに、よりによって有生が電話をかけ始めた。

「ま、待てっ、有生っ。お前の説明だと絶対当主を困惑させるっ」

有生がどんな説明をするのか怖くなり、慶次はスマホを奪おうとした。それをサッと避け、有生は話を続ける。当主の話では、各地に向かわせた討魔師と神社や寺関係の人のおかげで今のところ阻止できているそうだ。慶次はホッとしたが、龍樹は顔を強張らせ、食事が咽を通らなくなったようだ。

「あ、順調なんだー。よかったねー。実は井伊家の次男が匿ってくれって泣いてすがりついてきてんだけど、どーする？」

天気の話でもするみたいに有生が言うと、電話が切れたみたいに無言の時間が続いた。

『有生……お前は何でも拾ってくる子じゃなかったと思うんだが』

当主の珍しく困惑した声音に、彼らは家族なのだなぁと感じた。

「俺じゃねーよ。瑞人が拾ってきたんだから、瑞人に言って。で、どーする？　やっぱ井伊家に返すべき？」

慶次の肩に腕を回しながら、有生がちらりと龍樹を見やる。龍樹は唇を嚙んで有生を見返している。井伊家に戻されたら、どうなるか考えているのかもしれない。

『……うーん、そうだねぇ。とりあえず今も続いている弐式家への攻撃が、どこで行われているか、聞いてみてくれないか？』

話はかなり危険な内容なのだが、話している有生も当主ものんびりした口調だ。当主の焦ったところを一度見てみたい。

「だってさ。回答次第で扱いが決まるから、慎重に答えてねー」

有生が龍樹に顔を向けて、にやーっとする。龍樹はため息をこぼして頭をがりがりと掻いた。弐式家への攻撃がどこで行われているかとは、どういうことだろう？

「……江戸川(えどがわ)区……」

龍樹がぼそぼそと東京のとある住所を口にした。有生はスマホを龍樹に向けていたので、当主にも聞こえただろう。

『とりあえず、彼と一緒に帰ってくるといい』

当主が落ち着いた声で言い、慶次は「えーっ」とつい声を上げてしまった。何だか分からないが取り引きが成立してしまったようだ。本家にこの問題児を連れて帰っていいのだろうか？

「はー。めんどくせ。帰りの車、男五人かー。むさ苦しいな」

有生は電話を切り、話は終わったとばかりに立ち上がった。

「じゃ、明日九時にホテル出るから。地下駐車場に集合ね。あ、お前の車は足がつくから置いてって」

有生は夕食をとっている龍樹と瑞人に指示する。本気で龍樹を本家へ連れて行くというのか。

「こいつら二人きりにしていいのか？」

部屋から連れ出されそうになり、慶次は焦って聞いた。今は龍樹も本家へ連れて行くというのか。今は龍樹を拘束するものは何もないのだ。瑞人が危険な目に遭ったら、当主に顔向けできない。

「え、仲良しじゃん。別にいいでしょ。あ、あの陰キャ男子も追い出さなきゃね」

有生はまるで心配していない。そのままずるずると引っ張られ、瑞人たちの部屋を出た。隣の自分たちの部屋に戻ると、勝利が不安そうに膝を抱えていた。慶次たちの姿に、ぱっと顔を輝かせる。すでに夜十時を回っていたので、勝利も何かあったのかと怯えていたようだ。

「あの……何かよく分からないことになったんだけど……」

慶次は瑞人と龍樹の状況を語り、当主の話を伝えた。勝利はずっと愕然とした様子で聞いていて、最後にはパーカーのフードで顔まで覆い隠し、紐で縛る始末だ。

「帰りあのヤンキーと一緒……？　はー、何で俺はこんな旅行に同行してるんだ……。あのヤンキーが改心するわけないだろ……っつうかあの怖い奴を手玉にとる瑞人こえぇよぉ……。嫌だ、嫌だ……絶対にあの部屋に帰りたくない……死んでも帰らない……」

勝利はミノムシみたいになって、地を這う声でしゃべっている。

「お前はあっちへ帰れよ。ここは俺と慶ちゃんの部屋」

部屋に戻ってきた有生は、冷凍室に入れておいた棒つきアイスを取り出して食べている。本来なら瑞人の部屋に勝利を戻すべきなのだが、あのカオスな部屋に勝利を戻すのは可哀相すぎる。

「なぁー、子狸。あの二人、残してきちゃって大丈夫かな？」

三人分のコーヒーを淹れながら、慶次は不安になって聞いた。

『まぁ……どちらかというとヤンキー君のほうが被害者なのでぇ……。ご主人たまが心配するような展開は起こりませぬぅ。きゃつを本家に連れて行くことも、悪い方向にはいかないのでご安心を』

子狸は隣の部屋の壁に耳を押し当て、慶次に言う。子狸が大丈夫と言うなら、大丈夫なのだろう。慶次は勝利の分のコーヒーを、勝利の足元に運んだ。勝利はずっとドア近くの部屋の隅にいて、座椅子に座ってアイスを食べている有生には近寄りたくないようだ。

「本家に攻撃を行っている場所を聞いたのって、何でなんだ？」

有生と自分の分のコーヒーをテーブルに置くと、気になっていた質問をした。

「ああ。呪詛が行われている場所を聞けば、そこ目がけて返り討ちにできるから」

何でもないことのように有生が言う。慶次にはよく分からないが、攻撃個所を知れば、防御もできるし、呪い返しのようなことができるらしい。本家にはずっと攻撃が続いていて、当主の末っ子の具合が悪かったので、慶次もそれを聞いて安心した。

「慶ちゃんって大胆だねー」

アイスを食べ終えた有生が、温かいコーヒーを飲んで、にこっと笑う。

「俺と慶ちゃんのエッチ、あいつに見られてもいいってこと？　あいつ追い出さないと、目の前でヤるしかねーけど。慶ちゃんのエロい声、聞かせたいんだー」

ニコニコとして言われ、慶次は飲んでいたコーヒーを噴き出しそうになった。廊下のほうで勝利も飲んでいたコーヒーにむせている。

「ば、馬鹿っ！　勝利君がいるのに変なことするわけないだろっ」

「じゃ、ベッド二台でどうやって寝る気？　あいつ廊下に置いとくなんて、慶ちゃんはしないよねー。だとすれば、俺と慶ちゃんで一台のベッドでしょ。一緒のベッドでくっついて寝て、何も起きないとかある？」

先ほどまでうさんくさい笑顔の有生だったが、今はあからさまにいやらしい視線を向けてくる。確かに慶次と勝利が寝るのを有生が許すはずがないし、有生と勝利が一つのベッドで寝るわけもない。

「一緒に寝るけど、エッチなことは駄目っ。俺にだって許容できることと、できないことがあるんだっ」

テーブルを叩いて慶次が言い返すと、廊下のほうから「俺はここで寝るんで……」とか細い声がする。

「そんな硬い床で寝たら、身体悪くするだろ」

勝利のことも気になりつつ、有生が本気かどうかも気になる。まさか他の人がいる前で不埒な真似はしないと思うが、絶対ないとも言い切れない。くだらない言い合いをしながら順番に風呂に入り、慶次はアメニティのパジャマを着てベッドの前で悩んだ。

「慶ちゃん、おいで」

先にベッドに入った有生が上掛けを上げて、甘い声を出す。ふらっと吸い寄せられそうになったが、その前に廊下にいる勝利を寝室に引っ張り込まなければならない。

「勝利君、ちゃんとベッドで寝て」

廊下でうずくまっている勝利の腕を取り、やや強引にベッドに連れ込んだ。勝利は隣のベッドにいる有生に「ひっ」と悲鳴を上げていたが、「十秒以内に寝ろ」と脅され、瞬時にベッドに潜り込んだ。

「電気消すぞー」

部屋の照明を落として、暗い室内の中、有生のいるベッドに横から滑り込んだ。ベッドは大きかったので、大の大人二人でもくっついて寝れば大丈夫だろう。

「慶ちゃん」

布団の中で有生に抱え込まれ、耳朶に顔をくっつけられる。エアコンをつけっぱなしにしているせいか、布団に入ると心地よかった。ちゅっ、ちゅっと頬や耳朶にキスをされ、赤くなって顔を手で押し戻す。

「だから駄目だって。そういうのナシ」

隣のベッドに勝利がいるのに、変なことをしている場合ではない。慶次は怖い顔で有生を睨みつけ、くるりと反転した。有生に背中を向ける形になり、目をつぶる。今日はいろいろあって疲れたので、早く寝よう。

「慶ちゃんが声、我慢すればいいんじゃない」

背中越しに密着してきた有生が囁くように言う。有生の唇がうなじに吸いつき、びくっと身をすくめるほど強く吸われる。抗議しようとしたとたん、パジャマの上から上半身を撫でられた。

「馬鹿……駄目って言ったろ……っ。ヤったら絶交だぞ……っ」

小声で文句を言うと、有生の手が裾から入ってきて、乳首を指先で弄る。思わず甘い声が出そうになって、有生の足を蹴った。

「触るだけ。それならいいでしょ?」

潜(ひそ)めた笑い声で有生が耳朶を食む。

「そんなこと言って、実家の時も兄貴にばれてたんだからな……っ」

いまわしい記憶を思い出し、慶次は胸元を触る有生の手をつねった。昔、有生が実家に泊まったことがあって、そこで不埒な行為に及んだのだ。隣の部屋にいた信長(のぶなが)に、行為の声や音が漏れていた。

「それに俺、あ、あの時の声、お前以外に聞かれたくない……」

慶次が真っ赤になって後ろを向いて言うと、有生が「うっ」と息を呑んだ。

「はー。今ので勃った」

有生が慶次の尻の辺りに腰を押しつけて囁く。慶次はますます赤くなって、腰を引っ込めた。どうして今の発言で勃起するのか理解できない。

「慶ちゃん、こういうの萌えるね」

有生はもぞもぞしていたかと思うと、慶次の腰を引き寄せ、硬くなった性器を慶次の尻の辺りに宛がう。そのままゆっくりと腰を律動され、慶次は慌てて振り返った。有生が下半身を露出しているのに気づいたのだ。

「しー……」

有生に制され、慶次はどぎまぎして口を閉じた。布団の中で、有生が音をなるべく立てないようにして慶次の腰に勃起した性器を擦りつけてくる。夏用のパジャマのせいか、薄手の布越しに有生の硬い性器を感じ、慶次はつい息が荒くなった。

「あー。ちょっとイくのに時間かかる……」

焦れったい動きのせいか、有生は慶次の臀部辺りで性器を擦りつつ、なまめかしい息遣いでこ

ぼす。前日に有生から激しく愛されたのを思い返し、慶次はじわっと身体の奥が疼くのを感じた。

「……絶対、入れるなよ？」

慶次はそっと有生に囁くと、真っ赤になってパジャマの下をずり下ろした。下着もたどたどしい手つきで下ろすと、有生の硬くなった性器を尻で挟む。

「うわ……エロ……」

背中に貼りついた有生が息を呑み、剝き出しになった慶次の尻の穴から袋や性器にかけて、腰を動かしてくる。太ももで有生の性器を挟みながら、慶次は自分でも大胆なことをしていると耳まで赤くなった。隣のベッドに勝利がいるのに、ほぼセックスみたいなことをしている。

「はー……、気持ちいー……。慶ちゃんのお尻、すべすべ」

有生が小声で言いつつ、腰を動かす。しだいに有生の性器の先端から汁が漏れ出し、ぬめりを伴って慶次の下腹部を滑った。有生の性器の先端が尻の穴を刺激するたび、入ってしまうのではないかと思い、鼓動が速まった。有生の詰まった声や息遣いに興奮してしまい、いつの間にか自分の性器も半勃ちになっている。

「……っ」

このままでは変な声が出そうだと思い、慶次は自分の口を手で押さえた。有生はもどかしい動きで慶次の下腹部を律動する。勝利は寝ているだろうかと気になり、慶次は様子を窺った。寝息らしき音はするが、本当に寝ているかは分からない。

「入っちゃいそう……だね」

耳朶を食んで有生が囁く。慶次はついびくっと腰を震わせ、太ももで有生の性器を締めつけた。さすがに挿入されたら、声を殺せない。

「そろそろ……イきそう……」

有生の腰の動きが速まり、かすかな動きが大きな音に感じられて慶次はドキドキした。時間はかかったものの、有生は息を詰めて慶次の股の間で射精した。くっついている有生の胸が上下するのが分かり、乱れた息遣いに目が潤んだ。

太ももに有生の精液を感じ、少し息が乱れる。

「このまま寝ていい？」

慶次に密着して、有生が首筋を吸って言う。萎えた性器はまだ慶次の股に挟まったままだ。有生はすっきりしたようだが、慶次のほうは身体に火をつけられた状態でつらかった。だが、これ以上は絶対に勝利にばれる。

有生の熱を感じつつ、慶次は眠れない一夜に身を委ねた。

■6 不意の襲撃

有生に抱き着かれて寝たせいか、暑苦しくて目覚めはよくなかった。スマホのアラームで身体にまとわりつく長い手足を引きはがし、乱れたパジャマを直してベッドから這い出る。隣のベッドは空で、勝利はどこにいるのだろうとトイレに向かいながら探していると、ドアの前の三和土(たたき)で膝を抱えて座り込んでいた。

「お、おはよう……勝利君」

こんな隅っこで小さくなっている勝利に顔を引き攣らせ、慶次は声をかけた。少しあって膝に顔を埋めていた勝利が顔を上げ、恨めしそうに見られる。

「あの……俺をプレイの道具に使うのやめてもらっていいですか……。ホントもう、地獄っす……。リアルエロに免疫ないのにキツすぎる……」

低い声で文句を言われ、慶次はぽっと頬を赤くした。これはやはり昨夜、有生といやらしいことをしていたのがばれている。あんな近くでもぞもぞしていたのだから、当たり前だ。

「ご、ごめんな……？」

頭を掻きながら謝り、そそくさと浴室へ飛び込んだ。急いでシャワーを浴び、腰にタオルを巻いた状態で髪にドライヤーをかける。朝食を食べたら、出発だ。あの龍樹という男と一緒に本家へ行くのは不安だが、こちらは男が四人もいるし、何かあっても返り討ちにできるだろう。

（龍樹には、柊也のことで言っておきたいことがあるんだよな……）

合流してから龍樹とじっくり話す機会がなかったので言えなかったが、帰りの車では時間だけはたっぷりある。龍樹の弟の柊也について、話したかった。龍樹を匿うなら、柊也も一緒に匿ってもらえないかと思ったのだ。それができなくても、柊也に対する暴力について、一言言っておきたい。

「ふぅ……」

髪を乾かして服に着替え、身だしなみを整えていると、洗面台の上に置いたスマホが鳴りだす。表示された名前が柊也で、どきりとした。こういうのも引き寄せの法則なのだろうか？

「もしもし？」

有生に聞かれると面倒なので、慶次は脱衣所の隅にしゃがみ込んで電話に出た。

『慶次君？　今、どこにいるか聞いてもいい？』

潜めた柊也の声に、慶次は素直に京都のホテルにいると答えた。

『龍樹兄さんとの連絡が途絶えたんだ。もしかして、慶次君たちが関係しているのかと思って』

納得した様子で柊也が言い、慶次は「実は今、一緒にいる」と答えた。

「柊也の情報で、企みは阻止できたみたいだ。ありがとう。龍樹さんはうちで匿うことになったから、……あの、場所とかまだ分からないし、言えないと思うんだけど」

情報をくれた柊也には申し訳ないと思いつつ、龍樹の情報がもう一人の柊也に伝わったらまずいのであらかじめ伝えておいた。

『そのほうがいいよ、また折を見て連絡する。……慶次君、くれぐれも龍樹兄さんには気をつけて。きっと慶次君の心を翻弄しようとするだろうから』

心細げな柊也に、慶次は心配するなと答えて電話を切った。

（そうだよな……、龍樹からすれば俺を捕まえれば有生が言いなりになるとか思ってそう。警戒心は解かずにいるぞ）

有生の弱みになることだけは避けたいので、慶次は自分自身を戒めた。子狸がいるから最悪の事態にはならないだろうが、油断せずにいるべきだ。

「有生、起きたか？」

寝室に行くと、有生はまだ枕を抱えて寝ている。

「おーい、そろそろ起きろよ。朝飯、食いに行っちゃうぞ」

有生の肩を揺さぶって何度も声をかけたが、意味のない言葉しか返ってこない。朝食はしっかり取りたい慶次は、有生を置いて勝利と食事をしに行くことにした。本来なら瑞人にも声をかけるべきだが、龍樹がいると思うと気が進まない。一応スマホで瑞人に連絡を入れると、『ベッドでたっくんとごろごろする』という返事が来たので、無事なのは確認できた。

「ホントにあいつを連れて帰るんっすか……」

朝食はビュッフェ形式の洋食で、勝利は取ってきたオムライスを咀嚼しながら、不安そうにしている。

「俺も心配だけど、まぁ、有生がいるからどうにかなるはず……」

サラダを食べながら、慶次は苦笑した。すると勝利はしばらく無言でオムライスを食べ、おもむろに向かいの席の慶次を見つめる。

「あの……有生さんのどこがいいのか、とか聞いたけど……何か、何となく分かった、かも」

ぼそぼそした口調で勝利が切り出す。

「え？」

慶次が目を丸くすると、勝利が上目遣いで口を開く。

「すげー恐ろしい人……だけど、慶次さんへの愛情は本物……っていうか、度を越してるくらいだし……、見た目完璧だから、絆(ほだ)されるっていうか……。自分にだけ優しい悪魔がいたら、流されるかもと……」

何が言いたいのかと思ったら、一昨日泊まったホテルのロビーで聞かれた話の続きだった。勝利なりに有生と慶次を観察して思うところがあったのだろう。

「俺の入る隙間がないのは承知なんで……。あの人に逆らう勇気とかないし……。ただ、俺も今思うと初恋かも的な……、実は最初から可愛い顔してるなとか思ってたし……、いやでも横恋慕とか怖すぎるし……」

うだうだと語る勝利が何を言いたいか分からず、慶次は困惑した。

『かーっ、煮え切らない当て馬ですぅ！　そこは望みがなくても好きですぅ、だろっ！　当て馬の存在理由は攻めを焦らすことやでぇ！』

話を聞いていた子狸が急に飛び出して、勝利の顔を尻尾で叩く。

「あ……、え……、でも俺、死にたくないし……」

子狸の尻尾を頬に受けつつ、勝利が大きく首を振る。何が言いたいのか分からない。

「えーっと、よく分かんないけど、有生本当にけっこういいとこあるから。まぁちょっと船では勝利君のこと殺しかけちゃったけど、俺が絡まなきゃ、わりとまともな対応もできる……と思うから」

口にしながら、慶次も無理があると顔を引き攣らせた。討魔師のベテランは仕方ないとしても、若手の討魔師には有生の良さを訴えていきたいという思いが先走った。

食事の最中、煮え切らない勝利に有生の良さを伝えながら、慶次は人間関係の難しさを感じていた。

出発の三十分前にようやく起きた有生の尻を叩き、着替えをさせ、荷物をまとめた。勝利はとっくに荷造りをすませていて、ドアの前でスマホのゲームをしている。慶次は何度も中に入るよう言ったのだが、有生にじろりと睨まれて石化して動けなくなったようだ。

「そろそろ時間だな。瑞人たちと合流するか」

チェックアウトを先にすませた慶次は、手荷物を持って部屋の外に出た。ちょうど隣の部屋のドアも開いて瑞人と龍樹が出てくる。

「……っ!!」

仏頂面の龍樹と、朝からテンション高めで笑っている瑞人が視界に入り、慶次は硬直した。それも仕方ない。瑞人がパステルカラーにフリルだらけの服装なのは、いつものことなので慣れているが、隣に立つ龍樹まで似たような服装だったのだ。ぴちぴちのユニコーンの絵が描かれたTシャツに、瑞人が切ったショートパンツ、金色の髪まで可愛いシュシュでくくられている。顔はげっそりやつれていて、昨夜瑞人に苦しめられたのがよく分かった。

「やべー、超ウケる」

有生は龍樹を見るなり、腹を抱えて笑い飛ばした。慶次が必死に我慢していたというのに、龍樹が真っ赤になるまで笑いまくっている。

『ひゃはははは！　ひどいなりですぅ！　木の棒をとられて、変な装備フルコーデですぅ！　一部の人間の需要満たしまくりですぅ！』

有生と同じくらい馬鹿笑いしているのが子狸だった。容赦なく龍樹の心をえぐっている。

「う、うるせぇ！　俺の着てた服、こいつが切り刻んだんだからしょうがねぇだろ！」

龍樹が怒りに肩を震わせている。

「可愛いでしょーっ。たっくんにはこういうかっこが似合うと思ってたのぉ。予備で持ってきた服があってよかったぁ。僕とお揃いコーデだよっ」

瑞人はアイドルの決めポーズをして、龍樹と腕を組んでいる。

「マジで他人の振りする。お前ら、ちょっと離れてついてこいよ」

有生は涙を流しながら、あしらうように手を振る。エレベーターに向かう途中も、ホテルに泊まっていた外国人がぎょっとして龍樹に注目していた。中には「ファンタスティック」とか「クレイジー」という声もあって、龍樹の怒りは今にも爆発しそうだった。

「あ、忘れ物した」

エレベーターが地下駐車場に着くと、有生がポケットをごそごそして、立ち止まった。

「慶ちゃん、先行ってて」

車のキーを慶次に放り投げて、有生がエレベーターで上階へ戻っていく。慶次は車のキーを握り、先に地下駐車場へ進んだ。地下駐車場は広く、ひんやりとした空間だ。車が数台並んでいて、足音が響く。

「あの……っ、龍樹、さん」

有生のいないうちに柊也の話をしたくて、慶次は思い切って声をかけた。龍樹がいぶかしげに振り返る。

「あの……柊也のこと……。もし龍樹さんが本当に井伊家を抜けるなら、柊也も一緒に助けてほしいんです。龍樹さんが柊也にしたことは許せないけど、兄弟だったら……」

面倒そうな龍樹の視線に気圧されつつ、慶次は必死に言い募った。同じ血を分けた兄弟なら、お互いに助け合えるのではないかと思ったのだ。

「はぁ？　何言ってる……。ああ、そういやお前、柊也とオトモダチごっこしてたっけ。本当に救いようがない馬鹿だな。お前、柊也の素があれだと思ってんの？」

軽蔑した眼差しで龍樹に見据えられ、慶次はムッとして車の前で足を止めた。

「柊也は井伊家に生まれたけど、本当は悪いことなんかしたくないんだ……。俺はあいつを」

「はー。お前みたいな馬鹿ばっかりだったら、弐式家潰すのなんか容易かったのにな。柊也の素は善人のほうじゃねーよ。あいつの多重人格は知ってんだろ？　本質は壊れたほうだよ」

慶次の言葉を遮り、龍樹が顔を歪めて吐き出す。

「小さい頃からあいつはえげつねー悪魔。それが何でか中学生の時に、いきなり善人面したもう一人のあいつが誕生したんだよ」

——慶次は硬直して、龍樹を凝視した。

「え……？」

慶次が知っている柊也のほうが、後から生まれた人格？　そんな馬鹿な。

「う、嘘だ、それじゃ……っ」

慶次が反論しようとした時だ。ひんやりした地下駐車場の空気が、背筋がゾクッとする生温かいものに変わった。

「あ」

勝利が急に声を上げ、さっと慶次の身体を引っ張った。視界を黒い影が通り過ぎ、それは瑞人の隣にいる龍樹に襲いかかった。

「きゃーっ！　たっくぅん！」

瑞人が悲鳴を上げた時には、龍樹は床に転がっていて、その身体の上には頭部のでかい奇妙な生き物が伸し掛かっていた。襲いかかった瞬間に龍樹の腹部を蹴ったのか、激しくむせ込んでいる。――妖魔だ。

『慶次殿、近づかれませぬよう。穢れに当たります』

いつの間にか子狸は大狸に変化していて、龍樹に駆け寄ろうとした慶次を引き留める。

「やぁん！　こんな大きい妖魔は僕には無理なのぉ。勝りん、ヘルプゥ」

瑞人はさっさと龍樹を見捨てて、勝利の後ろに逃げ込む。妖魔は龍樹の咽に食らいつき、牙を立てているようだった。ハッとして慶次は大狸に「武器を！」と叫ぶ。

「俺の武器のほうがいいっす」

勝利が先に動き、八咫烏から弓矢を受け取る。慶次の大狸の武器は千枚通しで、接近戦になるが、勝利の眷属は八咫烏で弓矢が武器なので、距離を取って戦えると踏んだのだろう。勝利は八咫烏から受け取った弓矢で、龍樹に襲いかかる妖魔を射貫いた。一射では妖魔を飛びのかせることしかできず、二射、三射と射たが素早く逃げられた。

「う……っ、ぅ、く……っ」

龍樹は苦しそうに咽を押さえて、地下駐車場の壁のほうを見る。つられてそちらを見た慶次は、そこに思いがけない人物を見て愕然とした。

――床に這いつくばって呻く龍樹を見下ろしていたのは、柊也だったのだ。

「ご苦労様、兄さん」

悦に入った笑みを浮かべ、柊也がゆっくり近づいてくる。白いシャツにカーキのズボンを穿く柊也は、一見慶次の知る善人の柊也のようだった。……だが。

「何をするんだ！　柊也！」

慶次が大声を上げて柊也の前に回り込むと、面白そうにその唇の端が吊り上がる。

「お前……っ、もう一人の奴のほうだな……っ」

目の前にいる柊也が悪人のほうであるのを察し、慶次は身構えた。もしかしたら、今朝電話をしてきたのは悪人のほうだったのではないか。ホテルの名前を告げてしまったのは自分だ――慶次は血の気が引いた。

「密告ありがとさん。ホントーに慶次君は役立つなぁ。目障りだったこいつを始末できたし、君にはお礼を言わなきゃねー。あはは、何その顔、ウケる」

柊也は手を叩いて笑い、呻き声を上げている龍樹を覗き込んだ。

「ゆっくり話していたいとこだけど、君のカレシが来ちゃうよねー。ちょっと強くなったみたいだから、俺は退散するよ。まったねー、慶次君。愛してるよっ」

現れた時と同じく、柊也はすっと姿を消した。慌てて後を追ったが、どこにも姿が見えない。

「たっくーん、たっくーんっ！　死なないでーっ」

龍樹の下に戻ると、瑞人が龍樹の腹に覆い被さって泣いている。龍樹は声が出ないと言わんばかりに咽を掻きむしって呻いている。

「慶次さん、こいつ……」

柊也が消えたのを確認して、勝利が龍樹の状況を見る。慶次も確かめたが、死にそうな様子はない。ただ、声が出ない。本人も必死に声を出そうともがいているが、呻き声しか出ないようだ。

「あー、間に合わなかった。そいつ死んだ?」

龍樹を囲んで途方に暮れていると、呑気な声が後ろからした。有生が忘れ物のスマホを手に、とことこと歩いてくるところだった。

「有生！　今っ、今っ、柊也が……っ」

慶次が目を潤ませて有生に駆け寄ると、だるそうな様子で泣いている瑞人と倒れている龍樹を見下ろす。

「瑞人。嘘泣き、うるせーからやめろ」

ため息と共に有生が言うと、瑞人が「ばれた？」と顔を上げて、ぺろりと舌を出す。

「やーん、こんな死にそうな彼にすがりつくヒロイン演じられる機会なんて、そうそうないのぉ。たっくんは生きてるよっ。ちょっとやばいけど」

苦しそうな龍樹の頭を膝に乗せ、瑞人が楽しそうに頭を撫でている。有生は龍樹の咽を手で探り、じーっと見つめてふうと息を吐く。

「声、抜かれてんな。あーこいつ一生しゃべれねーかも」

有生の発言に、慶次と勝利は身震いして身を硬くした。妖魔は龍樹の喉笛に食らいついていた。あれが原因だろうか？

「どうせなら死なせてくれたら面倒がはぶけるのに。はー。まぁいいか。じゃ、車に乗ろ」

有生は何事もなかったように慶次から車のキーを受け取る。

「いやいやいや！　有生！　龍樹さん、やばいじゃん！　どうすればいいっ、っていうか、柊也！　お、俺の情報が……っ。龍樹さんがこうなったのは俺のせいだ！」

今頃激しい後悔に襲われ、慶次は頭を掻きむしった。柊也はどこから悪人のほうだったのだろう？　ひょっとして、企みについて知らせてきた柊也も、悪人のほうだったのだろうか？　それに、龍樹は素の柊也は悪人のほうで、善人の柊也は後から生まれた人格だと言っていた。もう何が何だか分からない。

「俺が……っ、俺が考えなしに泊まっているホテルの名前、言っちゃったから……っ」

泣きそうになって慶次が叫ぶと、有生が車のドアを開ける。

「はいはい、これで慶ちゃんもあのサイコ男と連絡とろうと考えるのやめてくれんでしょ。そーいうことでいい？」

深い後悔に苛(さいな)まれる慶次に、有生は至ってそっけない。

「有生、俺……っ、俺をもっと責めてくれ！」

自分の馬鹿さ加減が許せずに慶次が泣きつくと、勝利が「そこまで言うほどでは」と口を挟んでくる。

「あの……やられたの、井伊家の奴だし……別によくないですか……。身内の紛争だし……。慶次さんってマジでいい人なんだ……。何でそこまで罪悪感持ってんのか理解不能……」

勝利はもともと龍樹にいい感情をもっていなかったようで、あっさりしている。自分以外、誰も龍樹の心配をしていない。慶次も龍樹には恨みもあったが、自分のせいで苦しんでいるのは見過ごせなかった。

「これが慶ちゃんクオリティだよ。あんだけ井伊家にメラメラしてたくせに、自分のせいで苦しんでると偽善者面しちゃうんだよねー。たまに頭おかしいんじゃ？　って思うわー。ま、とりあえず車に乗ろうや」

手をパンパン叩いて有生が言う。地下駐車場に他の客が降りてきたところで、騒ぎを知られたくないと思ったのだろう。荷物をトランクに入れ、後部座席に瑞人と勝利で挟む形で龍樹を乗せた。龍樹はずっと咽に穴が空いたみたいな音で呼吸している。苦しそうで、見ていられなかった。柊也は龍樹を始末したかったと言っていた。善人の柊也のほうは、龍樹に虐待されている様子だったから恨んでも仕方ないが、悪人のほうの柊也まで龍樹を恨む要素があったのだろうか？分からない。頭がグルグルして何も考えられない。

「はーい、出発しまーす」

助手席に慶次が乗り込むと、有生が間延びした声で言った。シートベルトを締め、慶次はぎゅうぎゅうの後部座席を振り返った。龍樹は死にそうなほどの苦痛は少し引いたのか、呻きはしなくなった。代わりに血の気が引き、真っ白な顔になっている。

「きゃー。たっくん、大丈夫ぅ？　僕がよちよちしてあげるー」

瑞人は龍樹の頭を抱え、看病ごっこを楽しんでいる。時おり苦しそうな龍樹の息遣いがして、心配になった。

突然現れた妖魔に、なすすべがなかった。有生がいたらきっと、一瞬でやっつけてくれただろうに――。

（俺また有生を頼ってる……。俺って何て使えない奴なんだ……）

ホテルの名前を言ってしまった罪悪感がくすぶっていて、慶次は気分が落ち込んで鬱々とした。警戒心の足りない自分がたまらなく嫌だし、いざとなると有生ばかり頼りにしているのが恥ずかしかった。あの時、有生がスマホを忘れてこなければ、と有生を憎く思ったり、またそんなことを思う自分を恥じたりと、心がぐちゃぐちゃだ。

「あー、ホント慶ちゃんは穢れによえーな」

悶々と考え込んでいると、赤信号で車を停めた有生が、いきなり慶次の耳を引っ張ってくる。

「やっちゃったことはなくならないの。次どうするか考えろ」

顔を寄せて有生に説かれ、慶次は「はい……」と殊勝な顔で頷いた。

有生の言う通りだ。後悔するだけでは、意味がない。同じ間違いを繰り返さなければいいのだ。

『最近のご主人たまは、妖魔が近くにいると穢れを如実に受けるのでありますよねー。昔は無知故に穢れに強かったのに、大人になっていろいろ理解して穢れを受けやすくなったもよう。もともと汚れ成分が少ないので、ちょっとの穢れでダメージ受けるのでありますぅ。ご主人たまの気持ちを軽くするために申しますとぉ。有生たまは、ヤンキー君が襲われるのは視えていたもよう』

子狸がひょいっと出てきて、慶次の膝に座って言う。

「そ、そうだったのかよ！　スマホ忘れたって嘘!?」

有生が龍樹が襲われることを予想をしていたとは思わず、慶次は前のめりで声を張り上げた。

「いや、それは本当。何でか、忘れてきた。まぁ俺としては少し痛めつけてくれたらいいくらいに思ってたから。あ、ちょっとここ寄るわ」

京都府庁の近くにある京都府警察本部に、何を思ったのか、有生が車を入れる。慶次たちはびっくりしてきょろきょろした。

京都府警察本部の駐車場で有生が車を停めると、刑事らしき中年男性が近づいてきた。有生は車を降り、中年男性と何か話している。

「そいつ、降ろして」

有生は後部座席のドアを開け、瑞人に声をかける。何が何だか分からないまま、慶次たちは苦しむ龍樹を車から降ろした。中年男性は龍樹を支えながら、有生に敬礼する。

「初音(はつね)さんによろしく」

中年男性は巫女様と知り合いらしく、龍樹を引きずって警察本部へ連行した。残された慶次たちは呆然として見送るしかない。再び車に乗り込み、有生は高知の本家の住所をナビに入力する。

「ゆ、有生、どういうことだ……？　龍樹さんは、そのう……」

動き出した車の中、慶次は困惑して尋ねた。

「あー。スマホ警察に渡したって言ったじゃん。あれ、ばあちゃんの知り合いの刑事に渡した。犯罪行為の情報がごっそり入ってたみたいだから、出頭させただけ。咽やられたのも言っておいた。討魔師のことよく知ってる人だから、あとは上手くやってくれるでしょ」

何げない口調で明かされ、慶次は絶句して運転する有生の横顔を見つめた。

「やぁーん。まだ、たっくんで遊びたかったのにぃ。僕のオキニのTシャツ返してくれるかしらん？　あーあ、こんなことなら昨夜もっとひぃひぃ泣かせておけばよかったぁ。本家でも遊べると思ったのに……」

瑞人は悔しそうにハンカチを噛んでいる。

「え……。井伊家の奴をお縄につかせるとか、かっこよすぎでは……。幻か……？」

さすがの勝利も、有生の行動を称賛している。

慶次も、感動して有生を見つめていた。龍樹の過去に犯した罪についてもやもやしていただけに、有生がそんなまっとうな対処法を考えていたなんて、驚きだ。昨日の当主との電話のやりとりで、てっきり本家に連れて行って匿うと思っていたので、拍子抜けもした。

「有生……っ」

涙目で有生を見ると、ははっと堪（こら）えきれなくなったように有生が笑った。

「慶ちゃんの罪悪感、消えてんじゃん。何、ケーサツに届けたら消えるような感じなんだ？　やっぱ意味分かんねーな。それ、ただの棚上げじゃねーの？　臭いもんがなくなったらホッとするみたいな」

有生にからかわれ、慶次はハッとして目元を擦った。有生の指摘が当たらずとも遠からずといったもので、また頭を抱える始末だ。

龍樹を司法の手に委ねることで、慶次の中のもやもやしたものが軽くなったのは、確かだった。咽の件に関しても伝えてくれたなら、心配はないだろう。

終わってみると、すべて予定調和で起きた出来事みたいに感じられた。

「あ、何か呼ばれてるから、ちょっと神社寄るわ」

本家へ向かう車の中、有生はどこかの神様に呼ばれたみたいで、方向転換している。羨望の眼差しで有生を見つめ、慶次は自分の進むべき方向について思いを馳せていた。

■7　内面と向き合う

本家に着いた頃には、とっぷり日が暮れていた。

この辺りは街灯も少なく、鳥居を潜り、参道を通過するには車のライトだけが頼りだ。免許を持っている慶次だが、こんな暗闇では運転をしたことがないので、すいすい車を走らせる有生を尊敬している。

「はー。珍道中だったねっ。ただいまぁ、我が家よー」

本家に着くと、瑞人はトランクからスーツケースを出し、玄関前で両手を広げている。

「子狼も大きくなってよかったな」

瑞人の肩に乗っている白い子狼を見て、慶次も一安心した。小さくなって消えそうだった白い子狼だが、今回の旅行で神社や寺に参拝したおかげか、元の大きさに戻っていた。

『神社やお寺に行くことは、修行の一つであるのですぅ。とりあえず今後はお前たち、きちんと修行しなきゃ駄目でありますからね。おいらは鬼軍曹となって、こいつらを鍛えるでありますよ』

子狸は白い子狼と黒い子狼をびしっと指さし、宣言している。二体の子狼は毛を逆立てて『うぎゃっ』と騒いでいる。

『攻撃はやんだようでありますねぇー。さすが強力な防御システムでありますぅ』

子狸は上空を見上げ、悦に入っている。言われてみれば、今夜は烏天狗が飛び交っていない。龍樹から情報を得て、攻撃できなくなるようにしたのだろう。これでひとまず危機は去ったのだと慶次も安心した。龍樹には情報だけもらって申し訳ない気もするが、過去に犯した罪についてては明白なので、償ってほしい。

「おや、おかえり。よかった、変なのは連れてないね」

玄関前の騒ぎに気づいたのか、当主が引き戸を開けて出迎えてくれた。当主の穏やかな顔を見ると、瑞人のしたよからぬ行為が頭を過り、居たたまれなくなった。当主は井伊家の次男が一緒ではないのはとっくにお見通しのようだ。

「そっちも順調でしょ？　はいこれ、土産。俺はいいって言うのに、慶ちゃんが絶対買えって」

有生は当主に土産の八つ橋の箱を渡している。慶次は出かける際に渡されたお金の余りを、当主に差し出した。

「あ、これ残ったお金です。当主、何か分かってたんですか？　残金十五円ってすごすぎじゃないですか？」

慶次が返したお金はたったの十五円なのだ。最初に手渡された額がけっこう多かったので、これならきっと余るに違いないと思ったのに、あれこれ支払っていたらほとんど使っていた。

「うーん、私もまだまだだね。次はピタリ賞を狙うよ」

当主は十五円を握りしめて笑っている。

「じゃ、俺らは帰っから」

有生は旅行バッグを担いで、離れへ戻ろうとする。

「えーっ、有生、お前ちゃんと報告しないでいいのかよっ。いろいろ、大変だっただろ！」

竹生島で龍樹と会ってから、問題ばかり発生した気がするのに、有生はスルーして帰ろうとしている。とても信じられなくて、慶次は有生の腕を引っ張った。

「パパー、旅行先で楽しいこといっぱいあったのぉ。聞いて、聞いてっ。たっくんって面白いおもちゃと夜通し遊んだんだー」

龍樹とのことは隠すと思った瑞人が、意気揚々と自分からしゃべりだしている。こいつに隠しごとはできないことがよく分かった。

「話は聞き及んでおるぞ。あの井伊家の息子は余罪が多くありそうだから、しばらく出てこれないだろうと言っておったの」

当主に続いて巫女様も出てきて、慶次は目を丸くした。怪我をしたはずの巫女様は、少し足を引きずっているが元気に立っている。

「巫女様、もう大丈夫なんですか？」

慶次が心配して聞くと、巫女様が明るく笑う。

「歩けるし、攻撃が止んだから大丈夫じゃよ。もう遅いし、話は明日聞くから寝なさい」

巫女様に優しく肩を叩かれ、慶次は分かりましたと挨拶（あいさつ）を交わして、離れへ戻ることにした。

有生はあくびをしている。長時間の運転は疲れただろう。渋滞に巻き込まれなかったものの、帰りのルートにあった神社に寄って、霊石を壊そうとしていた井伊家の人間を捕まえて、神社の関係者に突き出していたので、遅くなったのだ。

「何だか濃い旅行だったな……」

離れの玄関の引き戸を開け、慶次はしみじみと呟いた。緋袴（ひばかま）の狐が出てきて、三つ指ついてお帰りなさいませと出迎えてくれる。

「さすがに疲れた。寝る」

運転で気を張ったのか、あるいは同乗者の瑞人にうんざりしたのか、有生はあくびを連発して荷物を解く間もなく寝室へ引っ込んだ。慶次は風呂に入ってから寝ようと思い、少し遅れて有生の寝室に行った。

有生はとっくに眠りの世界にいて、穏やかな顔で寝転がっている。その寝顔をしばらく眺め、慶次はそっと横に寄り添った。

ふと目覚めると、有生の唇が鼻先に触れるのを感じた。重い瞼を開け、腕を伸ばして有生に抱き着く。まだ夜なのか窓の外は暗く、辺りは静けさに満ちている。布団に有生とくっついた状態で寝ていた。有生は慶次の髪を撫で、時折、額や頬に愛しそうにキスをする。

「あー。慶ちゃんの匂い嗅いでたら、勃った」

慶次の耳の裏に鼻を押しつけていた有生が、眠そうな声で言う。まだ寝ていると思ったのに、慶次の股間に手を伸ばし、パジャマの上から性器を揉んでくる。

「えー……俺、眠いよぅ……」

旅の疲れが残っていてこのまま寝ていたい慶次は、股間を探る有生の手を捕まえ、かじかじと噛んだ。有生の指は長くて節くれだっていて、口に含むと少ししょっぱい。

「慶ちゃん、寝ぼけてんの？　誘ってんのか、拒否ってんのか、いまいち分かんねーな」

有生の苦笑いが聞こえて、慶次は眠くて動きを止めた。

半分開けた窓から夜風が入ってきて、心地いい。高知の山奥のせいか、夜はエアコンがなくても涼しい。

「モテ期ってこえーね。慶ちゃん、爆モテじゃん」

有生に囁かれ、慶次は閉じかけた瞼を開けた。

「俺は……本当にモテていたのか……？」

あまり納得がいかずに、慶次は眉根を寄せた。確かに勝利や瑞人に好かれていた感じはあるが、想像していたモテ方と違う。

「俺がいない間の話を狐に聞いたけど、柊也ってサイコ男も慶ちゃんのこと好きみたいだし、はー、うかうかしてらんないわ。何で慶ちゃんって、変な男に好かれるの？」

顔をすりすりされながら有生に聞かれ、慶次は頭が痛くなった。柊也のことは何が真実か分からないので、今は考える気になれなかった。それにしても変な男の筆頭は、目の前にいる男なのだが……。

慶次は有生の髪を撫で、改めてここ最近の自分を振り返った。旅行に行く前は胸の奥に小さなわだかまりがあったのだが、今は解消されている。

有生はすごい。討魔師としてレベルが上なのは分かっていたはずなのに、いつも隣にいるから無意識のうちに勝手に比べて落ち込んでいた。旅行で分かったのは、慶次が到底及ばない先に有生がいるということだ。

「何か俺さぁ……ずっともやもやしてたんだけど、その理由が分かった」

慶次は有生に寄り添いながら、ふうとため息をこぼした。高熱や強烈な睡魔に襲われるのを繰り返していた有生は、肉体のアップデートをしたと言っていた。慶次にはよく分からないが、神様から頼まれごとが多くなったというのが、その結果なのだろう。

もともと有生のことはすごい討魔師だと知っていたけれど、ますます遠くへ行ってしまったようで焦燥感に駆られた。自分の駄目さ加減が嫌になり、落ち込んだ。

「おいてかれるようで、怖かったんだって……。お前と違って目に見えた結果も出せないし、お前のいない時に妖魔が現れても戦力にならないし……」

地下駐車場で妖魔が現れた時のことを思い返し、慶次は改めて悔しい思いに駆られた。

「ああいう場面でお前なら一発で消しちゃえるのにって……。そんですごい落ち込んで、お前が善人っぽいことしたり言ったりすると、焦って……。お前が常識ないやばい奴だと思うと安心したり……何か、お前がどんどん先に行くようで、焦ってたんだ。俺って最低だ」

慶次は天井を見上げ、もやもやしていた思いを吐き出した。

「でもそれって、俺と有生じゃ比べるのが間違ってるんだよな……。俺と有生じゃ、土俵が違っていたっていうか」

慶次の独白に、有生はしばらく無言で同じように天井を見上げていた。

そして、いきなりがばっと起き上がる。

「いやいやいや、それ旅行前に俺が言ったよね？　全部俺、指摘したよね？　慶ちゃんと俺は同じラインで走ってねーって言ったの、もう忘れてんの？　何、自分で辿り着いたみたいな感じで言ってる？」

納得いかないというように有生に責められ、慶次は身をすくめた。

「うう。だから、やっとそれが腑に落ちたんだよぉ。ちょっと時間かかっちゃったけど、有生の言った言葉が理解できたっていうか」

責められるかもしれないと思っていたので、慶次も起き上がって頭を下げた。旅行前に言われた言葉がやっと受け入れられるようになった。あの時言われても、反発心が湧いて受け止められなかったのだ。

「っつうか、それって要するに俺が手が届かないくらいの場所にいっちゃったから、諦めがついたってだけじゃねーの？　慶ちゃんはねー、ホント偽善者。自分でそれを受け入れるべき。口だけ達者で身体がついていかない愚か者。でも俺はそんな慶ちゃんが可愛いし、好きだけどね」

ぐさぐさくる発言を受け、慶次は有生に背中を向けた。

「偽善者っていうのやめろよな……。俺は俺なりに正義を通そうとしてるだけなんだ」

唇を尖らせて文句を言っていると、背後から抱きしめられて、腕の中に抱え込まれた。

「あと慶ちゃんの眷属は対魔向きじゃねーのを、受け入れるべき。討魔師は、その身に合った眷属しか宿せない。慶ちゃんに合ってるのは、子狸ちゃんでしょ。狸は対魔向きじゃねーのよ。妖魔を討つほうが偉いわけでもねーし。いいじゃん。マッチングアプリ得意な眷属で。慶ちゃんは口で何と言ってても、闘うより、縁を持つほうが本質に合ってる」

耳元で有生に言われ、慶次はしゅんとして後ろを向いた。有生の唇が近づいて、食むようにキスをされる。

慶次の本質が子狸なら、それを受け入れるべきなのだろう。今はまだ、素直に認められないが、有生の言う通り、どちらが優れているというわけではない。すると有生の指が口の中に入ってきて、慶次の舌を撫でてくる。

「んー」

指で舌の腹を擦られ、慶次は目を細めた。口を閉じられなくてうがうが言っていると、有生の顔が近づいてくる。指を抜かれ、濡れた唇にキスをされる。一生キスしないと言われたのはショックだった。こうしてたくさんキスをしてくれると安心する。

「——そんで、慶ちゃん。ちゃんとフったんだろうね？　あの陰キャを」

べろりと唇を舐めた後、有生が目を細めて問いただす。

「え……っ、勝利君のこと？　フったって……、いや、その前に告られてねーし……」

まだその話は続いていたのかと、慶次は身を引いた。眠気もいっぺんに覚めた。有生の目が据わっている。

「は？　キスされたってことは少なからずエロい下心があるってことでしょ？　何でちゃんとフらない？　望みは一ミリもないってこと、突きつけるべきでしょ」

顎をがっしりと摑まれ、有生が怖い顔で迫る。そんなことを言われても、慶次の常識としては、告白されたら返事をするもので、告白されてもいないのに返事をするのは自意識過剰だ。

「あ、で、でも勝利君に有生を好きになるのも分かるって言われたし、俺が有生を好きなことはしっかり分かってるはずだぞ。そもそもお前に喧嘩売る度胸のある奴なんかいる？」

有生の機嫌を損ねないようにと、慶次は必死に言い募った。勝利と自分がどうにかなる未来などありえない。有生以外の男は、生理的に無理だと思う。

「慶ちゃんは黙ってればそれなりに可愛いんだから、もっと警戒心もって。本当に口をきかなければ、顔だけなら、今の百倍モテてたよ？　顔と中身のギャップがエグイんだから。あの陰キャは最近慶ちゃんと近づいたでしょ。そういうのがガワだけ見て、おかしな妄想もつ」

顎を摑んだまま有生に懇々（こんこん）と説かれ、腹が立って、足を蹴り上げた。

「うるさいなぁ！　どうせ顔だけだよ！　俺だってもっと熱血っぽい顔になりたかったし！」

有生の腹に拳を入れると、やっと顎から手が離れ、おかしそうな笑い声が寝室に響く。

「さすがに熱血っぽい顔だったら、俺、慶ちゃんを抱けなかったかも」

腹を抱えて笑う有生に、ますますムカつき、慶次はごろりと背中を向けた。

「お前、そこはどんな俺でも好きになるっていうとこだろ！　何だよ、中身で好きになれよな。そんじゃお前は俺が顔に大きな怪我したら捨てるのかよ」

むかむかして慶次が悪態を吐くと、背後から有生が抱きしめてきた。

「馬鹿だね、慶ちゃん。慶ちゃんの顔に大きな怪我なんか俺がさせるわけないだろ？　あのね、俺は日々、慶ちゃんを守りながら生きてんだよ？　慶ちゃんは鈍いから気づいてないだろうけど、全方位に俺の守りがあるんだからね」

慶次にはよく分からないことを、有生が耳元で囁く。有生の手がパジャマの上から胸元を探り、耳朶を食まれる。

「ん……っ」

音を立てて耳をしゃぶられ、布越しに乳首を引っかかれる。腹が立ったので拒否しようと思ったが、有生の手でどんどん気持ちよくなっていく。

「もぉ……」

文句を言おうと思ったが、有生の手がパジャマの裾から潜り込んできて、尖った乳首を摘み上げる。クリクリと指先で乳首を弄られ、慶次はびくりと身をすくめた。

「俺は可愛い慶ちゃんが大好き」

耳の中に舌を差し込んで、有生が甘い声を出す。カーッと顔が赤くなり、同時に下腹部にも熱がこもった。たかがそんな言葉一つで流される自分に嫌気が差し、慶次は足をもぞもぞさせた。

「んん……っ」

乳首を弄りながら、有生が密着してきて腰を押しつける。有生の性器はすっかり硬くなっていて、尻にごりごりと当てられると、否(いや)でも入れられた時の快感を思い出した。

「あ……っ、ま、待って」

有生の長い指がパジャマのズボン越しに性器を揉む。最近、濡れるのが早くて、有生の愛撫で下着がすぐ汚れてしまう。慶次が自らパジャマのズボンと下着をずり下ろすと、寝室の扉が開く音がして、有生が後ろを振り返って「ありがとう」と誰かに礼を言っている。また緋袴の狐が有生にローションでも持ってきたのだろうと思い、振り返った。

「ゆうせ……ひぎゃっ」

扉のほうを見た慶次は、そこに子狸がいて悲鳴を上げた。子狸はローションを有生に渡して『お盛んですなぁ』とニマニマしながら去っていった。もはや有生との情事は誰に対しても筒抜けだ。

「うあーもう、恥ずか死ぬ……」

慶次が布団で身を丸くして悶えていると、有生がローションの容器を逆さにして、尻の辺りをびしゃびしゃにする。

「こんだけヤってても羞恥心を忘れない慶ちゃんは、すごいね。エロの何たるかを分かってる」

尻のはざまに垂らしたローションを擦りつけ、有生が感心したように言った。有生の指先がぬめりを伴って尻の穴に潜り込んできて、慶次はうっと呻いた。

「あーまだ柔らかい。やっぱり連日ヤると、いいね。きつく閉じた感じも好きだけど」

尻の穴を広げながら、有生が慶次に覆い被さってくる。右手で尻の穴を弄りながら、伸し掛かってきた有生にキスをされた。舌を絡めるような口づけが続き、息が乱れていく。

「あ……っ」

内部に入れた指で、ぐっと前立腺を擦られ、慶次は背筋を反らせた。いつの間にか指が二本に増えて、ぐちゃぐちゃと濡れた音を立てて出し入れされる。慶次が目を閉じて快楽に身を委ねていると、有生はわざと両手で尻の穴を広げた。

「はぁ……慶ちゃんのお尻、エロい。ぷりぷりして、もはや凶器」

うつ伏せにされたかと思うと、有生が慶次の尻にかぶりつく。尻穴に入れた指を動かしながら尻たぶを甘く噛まれ、慶次はつい腰をひくつかせた。桃でも食べるみたいに尻をしゃぶられ、息が上がる。

「や、あ……っ、う、……っ、あ……っ」

中に入れた指は的確に慶次の声が殺せない場所を弄ってくる。性器は硬く反り返り、だらだらと先走りの汁を垂らしている。またシーツを汚してしまった。膝の辺りに下着とパジャマのズボンが溜まっていて、動きがとりづらい。

「ふぅ……はぁ……、はぁ……っ、あっあっ」

性急に内部を擦られ、発汗し、声が乱れた。指だけじゃ物足りなくなって、慶次は潤んだ目で後ろにいる有生を見上げる。

「有生、もう入れて……。何か切ない……っ」

紅潮した頬でねだると、有生が甘く食んでいた尻から顔を離す。

「ん……。俺も入れたい」

有生は慶次の腰から下着とパジャマのズボンを引き抜くと、広げた尻穴に、勃起した性器を押しつけてきた。躊躇（ちゅうちょ）なく、硬くなった性器の先端が慶次の内部にめり込んでくる。そこは柔らかく有生の性器を受け入れ、中へ引き込む。

「う、う、あ……っ」

慶次が圧迫感に声を上げると、有生が背中から伸し掛かってきて、逃がさないように両腕を摑む。ぐぐっと奥まで性器が一気に入ってきて、慶次は息を詰めた。どくどくと脈打つ性器が、慶次の内部に居座っている。気持ちよくて、少し苦しくて、身体がびくびくと跳ね上がるのを止められない。

「はー……。慶ちゃんの中、気持ちい……」

慶次の首筋に顔を埋め、有生が上ずった声で言う。つられるように、きゅんと内部を締めつけてしまい、妙に恥ずかしかった。

「ここは俺だけの場所だからね？　誰にも入れさせないで」

耳朶に息を吹きかけ、有生が囁く。背筋を甘い電流が走り、慶次は真っ赤になって身悶えた。言われなくても、有生以外にこんな深い場所を許せない。

「お……お前も、俺以外としたら……駄目だかんな」

乱れる息遣いで慶次が言い返すと、有生が少し笑って、耳朶を噛んでくる。有生は入れた性器が馴染むまで動かずにいて、慶次の耳朶をしゃぶったり、乳首を弄ったりしてきた。少しずつ身体が弛緩すると、有生の性器が深い奥までじわじわと侵食してくる。寝バックの体勢で繫がったせいか、有生の長さのある性器が奥まで刺激している。

「はぁ……、慶ちゃん、動くよ」

有生が上半身を少し起こし、緩やかに律動する。馴染んだ内部を硬い性器で突き上げられ、慶次はあられもない声を上げた。

「あっ、あっ、あぁ、う……っ、うー……っ、……っ」

奥をぐちゅぐちゅと突かれるたびに、甲高い声が漏れてしまう。有生は繋がった状態で慶次の腰を引き寄せ、布団に横たわった。側位の体勢で優しく腰を揺さぶられる。

「お腹、押してあげる。俺のが入ってるの、分かるでしょ？」

有生の手が慶次の腹を押してきて、深い場所まで性器が入り込んでいるのが感じられた。慶次はびくっ、びくっと身をすくめ、荒々しい息を吐き出す。お腹をぐりぐり押されると、涙が滲(にじ)み出るほど気持ちいい。

「やぁ……っ、それ、やだ……っ、あっあっ」

慶次が身をくねらせると、追い討ちをかけるように有生が腰を突いてくる。繋がった場所が溶けていく。有生の性器を締めつけ、腹が震えるほど中を犯される。絶え間なく内部を突かれ、慶次は甘ったるい声を漏らした。

「気持ちい……っ、あっ、あっ、んあぁ……っ」

尖った乳首を引っ張られ、忙しなく呼吸が漏れる。汗が噴き出て、暑さに眩暈(めまい)がした。

「イきそ……？　もうちょっと我慢して」

慶次の内部が痙攣しているのに気づき、有生が今にも達しそうな慶次の性器の根元を押さえる。吐き出したかった快感を止められ、慶次は肩を上下させて嬌声を上げた。

「やぁ……っ、イかせて……っ、イきたいよぅ……っ」

慶次が切ない声で鳴くと、有生の突き上げが激しくなった。逃げる慶次の腰を押さえつけ、容赦なく奥を責め立てる。

「ひあ……っ、あっ、あっ、あっ、ああ……っ」

卑猥な音を立てて、内部を突き上げられる。気持ちよくて声が掠れ、背中を仰け反らせた。射精したいのに、性器の根元を堰き止められて、快感が身体の内に溜まっていく。

「俺もイく……っ、あー……っ、出すよ」

めちゃくちゃに身体を揺さぶり続けられた末に、有生が苦しそうな声を出す。同時に性器から手を離され、慶次は深い絶頂の波にさらわれた。

「あー……っ、あ……っ、ひ……っ、ひ、あ……っ」

白濁した液体が噴き出され、ろれつが回らなくなるほどの快楽に流される。敏感な場所を有生に突き上げられ、声も出せなくなって身体を震わせた。ぐぐっと深い奥に有生の性器が潜り込み、精液を注ぎ込んでくる。びくびくと互いの身体が痙攣し、獣じみた息を吐き出した。気づけば互いに汗びっしょりで、重なっている。

「はぁ……っ、はぁ……っ、あークソあちぃ……」

暑いと言いつつ有生は、慶次の身体を背後から抱きしめる。

「子狸が慶ちゃんのモテ期、二年続くって言ってたよね？　目を光らせておかなきゃ」

物騒な気を放ちつつ有生に抱きしめられ、慶次はこの恋人を殺人犯にしないようにしなければと心に固く誓った。

あとがき

こんにちは夜光花です。

『眷愛隷属』シリーズも九冊目になりました。コミカライズも始まって、とっても嬉しいです。これもひとえに応援して下さる読者さまのおかげです。ありがとうございます。

今回は何か旅行の思い出的な話になってしまいました。もうちょっと前後で入れようかと思ったのですが、キャラが濃いメンバーで旅行に行ったせいか、旅しただけでページ数が埋まってしまったという。旅行は楽しいですね。でもこのメンバーと一緒に行くとトラブルに巻き込まれそうで、旅行は行き先も大事だけど、一緒に行く人も大事だなって思いました。

前々から人間というのは近くにいる人に影響を受けやすいと思っていて、今回は、あの思い込みの強い慶次でさえ、有生から影響を受けていたのね、という巻です。慶次と有生は真逆な性質に設定していますが、同棲もしているし、どんどん馴染んでいる気がします。有生のほうも慶次といることで、わりと人間っぽくなっているので一緒にいると良い傾向なのでしょう。慶次のほうもちょっと有生の影響を受けたほうが、ゆるくなっていいと思います。

そしてこれだけ出しているにも関わらず、慶次がモテなさすぎだと思って、モテ期がきた慶次の話にしてみました。可愛い顔という設定にしたはずなのに、出てくるキャラのほとんどが慶次をスルーするという主人公にあるまじき状態です。でもモテ期がきても、変な人にばかり好かれる慶次は、変人ホイホイなのでしょう。

作中に出ていた竹生島、とてもいいところだったのでお勧めです！

今回もイラストを描いて下さった笠井あゆみ先生、いつもありがとうございます。巻数重ねて表紙とか大変ではないかと思っていましたが、めちゃくちゃ可愛い表紙が来て大興奮です。子狸のウインクにハートを打ち抜かれ、白狐の神々しさに心が洗われました。ハートの矢を折りまくる有生がかっこよく、慶次が可愛すぎますね。口絵もエロい有生と慶次に、しっぽふさふさの子狸で、最高の一枚です。毎回可愛さを塗り替えていく笠井先生に脱帽です。お忙しいのに本当にありがとうございます。

担当さま。いつもお世話になっております。コミカライズも進行しているので盛り上げていきたいです。がんばりますのでよろしくお願いします。

読んでくれる皆さま。応援ありがとうございます。感想など聞かせてもらえたら嬉しいです。

ラブコメは書いていて楽しいので、またがんばりますね。よろしくお願いします。

ではでは。次の本でまた出会えるのを願って。

夜光花

◆初出一覧◆

狐がひとりじめ －眷愛隷属－　　　／書き下ろし

ビーボーイノベルズをお買い上げいただきありがとうございます。
この本を読んでのご意見・ご感想をお待ちしております。

〒162-0825 東京都新宿区神楽坂6-46
ローベル神楽坂ビル4F
株式会社リブレ内 編集部

アンケート受付中
リブレ公式サイト　https://libre-inc.co.jp
TOPページの「アンケート」からお入りください。

狐がひとりじめ －眷愛隷属（けんあいれいぞく）－

2024年11月20日　第1刷発行

著　者――夜光　花

発行者――是枝由美子
発行所――株式会社リブレ
〒162-0825
東京都新宿区神楽坂6-46ローベル神楽坂ビル
営業　電話03(3235)7405　FAX 03(3235)0342
編集　電話03(3235)0317
印刷所――株式会社光邦

Printed in Japan
ISBN978-4-7997-6957-7